SHINJUKU DELETE

華嶌華
Hanashima Hana

幻冬舎 MC

SHINJUKU DELETE

バースデーソングは歌えない。

1　朦朧～喜美子～

新宿に少女の姿はなかった。

重たい体を引きずってマンションまで帰る。孤独に床に就き、起床して、出勤、毎日夜遅くまで労力を提供している。そのルーティンの日々に、ノイズがチリチリと音を立てる。

本来の目的以外の要素が多すぎやしないか。どうしてお前らと親睦を深め、付き合いをしなければならんのだ、と喜美子は毒づく。同期の連中は、入社してから今に至るまで恋愛世界を楽しんでいる。「新しく入った○○くん可愛いよね、守ってあげたくなっちゃう」二回り以上年下の男に対して抱く、母性の形をした恋心を恥ずかしげもなく公表している。

若者は相変わらずプライベートを優先する。入社二年目の社員が定時きっかりに退社しようと席を立てば、先輩社員が、これでしょ、と言って小指を立てる。はい、と素直に答える青年の笑顔を破り棄てたくなる。三十代の女性社員には、上層部から育休の取得を勧められ、〃お言葉〃に甘えて一年以上出社していない者も複数名いる。二人目を出産し、休暇を連続取得する社員もいた。

在籍二十余年の間に、皆、次々と結婚していった。喜美子は、左手薬指の指輪を摩《さす》る。伴侶を見つけることが社内的な評価、昇進判断に直結する。だから三十一歳で「入籍」した。飲みの席で我にもなく生まれた「彼氏」は、気取ってひとり歩きを始めた。

なんだかんだ社会の檻に閉じ込められている。旧来の価値観に煽《あお》られている。情けない。「価値は相対的だ」と自己啓発本は言うが、そんなのは嘘だ、と喜美子は思う。人類が誕生してから、結婚制度はともかくとしても、男女のつながりは続いてきた。だから、子孫が生まれ、今日までの人類の歴史となっているのだ。考えてみれば恐ろしいことじゃないか。そんな歴史の厚みを無視するなんてできやしない、別の価値体系の思想をインストールしない限りは。社会を構成する人々の大半が持つ価値観で社会は動いている。

「旦那さんどんな人?」「私も先輩みたいになりたいなあ。羨ましいですぅ」「お子さんいるんですか?」「はい、来年の春、娘は中学生になります」

同僚から写真を見せるようせがまれても、いやいや、娘が写真嫌いでさ、と誤魔化してきた。現実に、娘がいれば、美結と同年代である。

あの子は、どうしているんだろう。少女には、喜美子がいなくても生きていける生命力がある。しかし、〈少女性〉に危険が及ぶことはなんとしても避けなければならなかった。

クリスマスを控え熱《いき》った群衆を傍目に、トー横では、およそ「キッズ」とは呼べない人種がゲラゲラと空気を震わせながら缶チューハイをあおっている。中途半端な甘さと薬っぽさが鼻を抜け、その呼気は冷えた風に混ざって砂埃を立てて去っていく。広場でたむろしていた、色白で華奢な少女の雰囲気が、時間と共に喜美子の中で膨らんでいく。

「私の〝美結〟は、どこへ行ってしまったのだ」

2　邂逅 〜喜美子〜

出会うべくして出会ったのかもしれない。そう思うことが喜美子にはあった。

黒髪（角度によってブラウン色に反射する）ツインテール、色素の薄い目の虹彩、小柄でミニスカート、感情に従順なおバカちゃん、喜美子が一番忌避する存在だったはずだ。

少女は、白く艶やかな脚をむき出しにして膝を曲げて座り、下着が見えようがかまわず、隣のゴシックファッションを着た子と会話に夢中になっていたが、おもむろに立ち上がり、小さな尻の砂埃をはらって、ひらひらと手を振ってゴシックと別れた。小さな片足が体を支え、もう片方へと重心を移動させる無意識のプロセスや、るんるん左右に揺れる軽快さに喜美子は惹き寄せられていく。

喜美子の26cmオーバーの足は、その窄《すぼ》まっていく少女の小さな頭を追うように前に出た。トー横にスーツ姿は場違いで、警官に職務質問されるのは寧ろ喜美子のほうかもしれなかった。一定の距離を保ちながら後を付ける。トー横が離れていく。見慣れた牛丼屋や中華食堂チェーンを左に見ながら直進、カラオケ、コンビニ、カフェ、焼肉、キャバクラ、ラブホテル、漫画喫茶、狭い道を抜けると、独特の形をしたランドマークタワーが見えてくる。タクシーが横切るのを見送って、信号のない横断歩道を渡り、深緑の高架下に足を踏み入れる。壁面に描かれた平和めいた小学生の絵にホームレスが凭《もた》れかかっているのを見ても、国が対処すべき社会問題だと意識から切り離す。人工的な明かりが少女の華奢なシルエットを浮かび上がらせ、右に流れたその影を、喜美子は追う。少女は、朝になればぐるぐる旋回する山手線と平行に敷かれたアスファルトの道を、警戒せずにふわふわ歩く。喜美子からは小指の先ほどの距離で、すぐ前を歩いている。のっぺりとしたコンクリ壁には、蛇のように波打った虹の絵が長く伸びる。手前には規則正しく同じ角度で自転車が並んでおり、いくつか単車も紛れている。

今度は少女は左に消えた。喜美子が慌てて角から顔を出すと、少女はスクランブル交差点を越え、向かいの繁華街にすっと消えていく。ただの白い縞模様は、車両なしでは、ただの模様に過ぎず、赤をバックに直立した人間がくり抜かれていようが、それも単なる現象に過ぎない。喜美子は、躊躇なく渡りきり、ようやく人の気配がしてきたことに安堵しながらも、自分が、幻影に近いその少女をストーキングしている状況に、わたしってヤバい奴だなと自嘲する。とっくに時計の針はてっぺんを回っていたが、眠らない街に暮らす若者たちにとっては関係のない区切りだった。反復する一週間に身を委ねてきたこれまでの生活に狂いを生じさせ、非道徳ではあるが違法ではないグレーな領域にいるのが、喜美子をひどく心地よくさせていた。

ピンク色の看板付近から奥へと一直線上に点々と配置されたキャッチの男たちが皆、少女を見、その姿がぼやけてしまうまでずっと、微笑ましく見送った。その視線の流れに沿って〝キャリアウーマン〟が通り、男たちの意識は、少女から大人の女性へとシフトする。「夜の街・歌舞伎町」に住むと見紛われるほどのプロポーションを、喜美子は恥じた。

見失うまいと速度を上げ、細い道を縫うように新宿の深部まで進入していくと、少女はおらず、喜美子は焦った。鋭い四角錐を想起させるほど冷たい風に肌を切られながら、街灯が気味悪く照らす霞んだ領域を恐る恐る進む。すると薄い暖色の光が舗道を覆っている。なんだろう。喜美子は近づいた。視界も暗闇に順応して、道の両端に立つ無機質な建物が浮かんでくる。喜美子は、その一つがぽっかりと口を開け、そこから下に伸びる階段を認め、ほんの少しの勇気を出して地下へ潜《もぐ》っていく。重厚な扉の隣には小さく光る看板が打ち込まれており、ここが「店」であると教えている。見た目以上に重たそうな扉は、遮音性の高い映画館のそれと似ている。扉を開けた後の自分の挙動はまるで予想できなかった。未知を前に心拍が上がった。ぐっと力を腕に込めて体重の三分の一を後ろに掛けながら引き、現れた隙間に身を滑り込ませた。

喧騒で垢染みた「新宿」に、その汚染から免れた場所があった。

「いらっしゃいませ」

喜美子は、慣れない雰囲気に戸惑いながらも会釈する。カウンターに立つ壮年のバーテンダーが、彼女に薄く笑いかける。入り口から離れた端の席に行儀良く座る少女の姿が目に留まる。喜美子は店内を見渡しながらさりげなく歩み寄る。曲線を描いた黒いシーザーストーンのバーカウンターにはスポットライトがぼんやりと滲み、バックバーには視覚的に楽しい多種多様なボトルが陳列されている。普段酒は飲まないが、この雰囲気は好きだった。喜美子は少女から三席空けて、バーチェアに腰掛けた。

「なんか甘いもの作ってぇ」

「はいはい、いつものね」

バーテンダーはグラスを取り出し、氷を一つ一つ積み上げた。ボトルから液体を注ぎ、指に挟んだメジャーカップを傾け、細長いスプーンで軽くステアする。

驚きで目を見開いた喜美子の横で、少女とバーテンダーは互いに目配せしてからふっと唇の先で笑った。

「嫌だなあ、お姉さん、今、違法だと思ったでしょう」

「あ、いえ、そんな」ははは、とやんわり否定する。

パーツが整然と並ぶ少女の横顔には、間接照明の柔らかい光によって大人の形相《ぎょうそう》が表皮の下から浮かび上がる気がしたが、まばたきをすると子どもの輪郭に戻った。

ケラケラと口を横に開いて感情を放出しても、顔面に無駄な線は現れなかった。

「さて、お客様、どんなテイストがお好みですか」

「ええと」行きつけの店がなかった喜美子は口籠った。「メニューとか、ありますか」

「一応ありますが、甘い系とかサッパリ系とか、あるいは、今の気分を教えていただければ作りますよ」と彼は軽やかに言った。

「……そうですね……強いて言うなら悲しい。ああ……という感じです」

バーテンダーは無言で頷いて微笑みながらグラスを氷で満たし、ボトルを何種類か取り出しては順々に注いだ。ぱち、と氷が温度差でひび割れる音がした。薄いグラスの縁を唇にのせ、中身を口に含むと、ほのかに甘く、清涼感が体の中央を通り抜けていった。

「ごゆっくり」爽やかに一言を添え、新しく向こうの端に一人座った中年の客のほうへ去っていくバーテンダーの後に、少女と二人きりの空間が唐突に現れた。

腕に巻き付いた時計に視線を落とすと、今日になってからすでに一時間が経っていた。喜美子は、甘いノンアルをちびちびと舐めている初対面の少女が、自分の横にいるこの稀有な状況に多少の不安を覚え始めていた。少女は頬杖をついてスマホを指でなぞっている。歳下相手に対して、キミ、あなた、何と呼べばいいのかわからず、少女がスマホから目を離したタイミングで体をぐっと前傾させてから、ぎこちなく、ねえ、と呼びかけた。少女の睫毛は放射状に広がり、艶めいている。

「それ、何飲んでるの?」

「……ええと、何だっけ、『シンデレラ』。ただのミックスジュース」

カクテルの名前がわかったところで、喜美子は、自分が少女に抱く感情を測りかねていた。

「誰かと待ち合わせ？」と少女が犬歯を見せて訊く。「それとも……心配でほっとけなかったとか？」装っていた偶然に、少女はとっくに気が付いていた。

「あ、あ、……若い女の子が夜遅くにどうしたのかなって」と潔く認め、「どこに住んでるの」と、喜美子は少女に尋ねた。

「え？　ここだけど」「ここ？」「ここ」

歳上に対して敬語を使わない態度にむしろ好感が持てた。

「そうじゃなくて、おうちは？」

「おうち？　あれか、扉があって、外と区切られてて、部屋があって、テーブルとか冷蔵庫とか家具があって、あったかくて？」

「……うん。言葉にするとそんな感じかな」

「それ言うんならさ、ここだって扉で外と区切られてるし、テーブルも冷蔵庫も、たくさん飲み物もあるし、あったかいし。ここだけじゃなくて、他にも。お腹空いたらファミレス行けばいつでも料理作ってくれるし、コンビニだってある、あとはスマホがあれば大体なんでもできるし」

「でもまだ、未成年でしょ？」

「十四」

「ジュウヨン！」

「何その反応」

「だって……中学生が……」

「補導されちゃうかも？　ま、ジュウハチでーすって言って、免許持ってませーん、学校も行ってませーん、ニートでーすって言えばケーサツなんてどっか行っちゃうし」

「はあ」

「シライシも『か弱い女の子なんだから夜中は一人で出歩いちゃいけないよ～』みたいなこと言わないしね」

「シライシ？」

「あのバーテンダー。超やさしい。いろいろ助けてくれるし」

「へえ、そうなんだ」

少女が話題にのせた彼を喜美子は丁寧に眺めた。髪は後ろに流しジェルで固め、髭はハの字に整えられている。黒（照明の加減でそう見えるだけで本当は紺色かもしれない）のワイシャツの襟元から、柄物のアスコットタイが上品に覗いている。全体的に清潔感があるなあ、と感じる以外は、バックバーの鮮やかさに印象は吸収されていってしまう、その程度の平凡な男だった。

「いいでしょここ、あたしの秘密の場所なの」

「秘密の場所、ね。そっか、そりゃいい」未成年も入れるバーは貴重なのだろう。警察だって、オーセンティックな店にまで目を光らせやしない。

しかし、気に掛かる。

「店が閉まった後……はどうするの？」

「あー、その日によって違うかな、ネカフェとか、マックとか、たまに泊めて〜っていうときはあるけど……というか、泊まるって表現も変。だってあたしはシンジュクのどこでも行けるんだし、今日も明日もシンジュクにいるんだし、ここがおうちなんだから、泊まるも何もないんだよね」

喜美子は、小さな体に溢れた生命力に、すっかり感心してしまった。この子には、サバイバル能力がある。自分が十四の時といえば、新宿はテレビ画面の向こう側の世界であって、一人で行けるとさえ思いつかなかった。学校と塾と家の三角形を行き来する狭い世界を疑いもせず、ほぼ毎日、両親と喜美子の三人で夕食を迎えた。温かい団欒がそこにはあり、一人娘の喜美子には、生活の拠点であった。と回顧しつつ「おとうさん、おかあさんは」と言って喜美子ははっとした。自分は何を心配しているのだろう。少女の表情が一瞬強張《こわば》った。

タイミング良くバーテンダーの白石が、ふらあとこちらにやってきて「おかわりは」と訊いた。

「あーどうしようかな」チラチラと喜美子の顔を窺う真意を察し、「奢るからさ、なんでも頼んでいいよ」と言ってやる。

「おねーさんありがとう！」

自分が〝お姉さん〟と呼ばれたのがどうも恥ずかしかった。少女からすれば、三十近くも離れた喜美子は〝お母さん〟の年齢でもおかしくはない。想像以上に、若さに執着している自覚はある。それは、若さ自体に価値を見出しているというよりかは、老いに対しての恐怖の裏返しだった。何一つとして年を取る利点は浮かばない。目をつむり、「心」に、おいくつですかと問いかければ、成人手前で止まっている気がしてならない。それが、実社会に対する反抗、実年齢への反発なのかもしれなかった。

喜美子は、凝り固まった疲労感が、手足から店内フロアに少しずつ流れていくのを感じた。自分の分も注文する。度数高めのカクテルは、ますます喜美子を調子づかせた。心地のよい異空間だった。隣の少女との間にある年齢の壁は透明になりつつあったし、背後で盛り上がる数組の客たちとは、敵対する気配がなかった。久々に現れた新しい関係性に、人生の変容を期待し、これをさらに深化したいと願った。そう簡単には他者の正体に到達できないとは長年の経験からわかっていたが、興味は増す一方だった。彼女を取り巻く環境について尋ね、ゆっくり慎重に距離を詰めていきたい。

「学校は行ってるの？」

「行ってない」当たり前に答える。

「みんな心配してるんじゃない？」

「みんな？」

「両親とか友達とか」

「別にあたしがいなくても関係ないよ」ピンク色の液体を一口飲み、口を尖らせわざとらしく溜息をついた。「逆に、トモダチいる？」

問いが向けられると、途端にこの物言いには失礼な含みがあると感じた。が、そもそも「トモダチ」とはどんな存在なのか、喜美子自身、よくわかっていなかった。果たして「トモダチ」の有無は、自己ステータスに還元できるものなのだろうか。仮に「自分の時間を使うのに苦を感じない間柄」を意味するのならば「いないかな」。

「じゃ、あたしがなってあげるね、トモダチ」

「ええ？　あっはは、ありがと」

その台詞は、軽く空虚な器だけの言葉だったとしても、喜美子を虜にするには十分だった。


アルコールが体内をゆっくりと循環し、いよいよ喜美子の瞼を押し下げ、少女は小動物を連想させるあくびをした。きっと少女の心臓の大きさは私の半分以下だ。喜美子はそう思った。

「少し仮眠なさっては。よろしければ、あちら、ご利用ください」白石が、ヴィンテージのソファを案内すると、少女は行儀良く靴を脱ぎ踵を揃え、後は心が求めるままに体を程良い反発のクッションに預け、それから手足を折りたたみ、しっとりと瞼を閉じる。その楚々たる姿は、喜美子の複合的かつ高次の感情を揺り動かした。自分の長く丈夫な手足は、曲げてもソファからはみ出てしまう。体の構造そのものが遺伝子レベルで違い、特に彼女の前ではそれが際立った。喜美子は、自分の図体を重力で感じ、おお神よ、ふざけるな、と思った。

　少女の顔の小さな面積には、小粒のパーツが奇跡的な配置で並んでいる。髪、さらさら。目、キラキラ。大きな目、膨らんだ涙袋。鼻、丸くて小さな小鼻。口、キュッとなった上唇。頬、まん丸で薄い桃色の天然チーク。少女と大女。二人を比べているのは、この場所では他でもなく自分だけだった。バーテンダーはカウンター客に付きっきりだったし、遠くの壁沿いの席に一人客がいたが、うたた寝していた。二つの体の差異を掴んで逆立てる価値観は、どこから招来する？　小さい、幼い、可愛い。人が惹かれる理由を「本能」で片付けてしまうのは荒過ぎる。その裏側には、嫉妬と累計できてしまうような、どんよりとした曇りの感情もある気がした。自分が「少女」だった頃でも、目の前の〈少女〉ではなかった。羨ましい。喜美子を含め、多くのものが、彼女の味方につくのだろう。一言で言えば、眼福。存在を愛でるだけで、気持ちが上がっていく。彼女には「少女らしさ」が宿っていた。少年らしさとも違う、少女らしさが。

夢が弾けると、時計の長針は三周していた。なのに眠りは浅く、体は重い。眠っても取れない疲れが体に染み付いていてどうにもならない。でも、こんな悩みだって、もうだいぶ前に諦めがついていた。節々の凝りを指圧し、ふくらはぎを揉みながら、腕の先に付いた「手」という器官が、どうも歪《いびつ》に見えてきて、限界まで外側に力を込めて広げると、少女の顔を覆い隠せるほどの大きさに広がっている。喜美子は二本の太い脚に腰をのっけ、足に重心を移して立ち上がる。少女の元へそっと近づき、起床後の不安を感じさせない穏やかな表情に、自分がいかにくすんだ世界を泳いでいるのかを知る。

少女は、とろんとした目で喜美子を見上げ、もにゃもにゃと何かを言っている。

【ああ、この子を連れて帰りたい】と喜美子は、これまでずっと胸の内に流れていた欲念を言葉に結晶化した。

「もう行っちゃうの」少女が眠たい目を懸命に開けて訊く。「どこまで帰るの」甘い声が耳をくすぐる。このまま手を振って、あの重たい扉をくぐってしまえば、もう二度と会えない気がして途端に悲しい気持ちに包まれた。

「あのさ」

急に首から背中が汗でじとつくのを感じた。

「もしよかったらなんだけど……」と留保を付けても、次の台詞は人生で初めて口にするもので、相手の反応次第では自分が窮地に陥る劇的なものだったのだが、喜美子は意を決し、「うちに遊びに来なよ」と言った。それに対する少女の反応は、「え？いいの？」と好感触で、喜美子は「もちろん、もちろん」と畳みかけた。

一緒に店を出て、始発に乗った。土曜日、朝五時台のメトロにはスーツ姿の会社員と思しき人たちがまばらに座っていた。車内で誰かと並んで座るのは久しぶりだった。

少女のまん丸のひまわり顔は、まだまだ眠気の膜で覆われていた。

3　抱擁～喜美子～

「お邪魔しまーす」

人を部屋にあげるのはいつぶりだろう？　私的な空間を開放するのは、だいぶ照れ臭さがあった。

「あったかーい！」少女は、脚を曲げて厚底を掴み靴を引き抜く。しっかりと揃えるあたり、案外厳しい家庭で育ったのだろうかと想像する。

「可愛いお部屋！　あたし好み」

タッセルでまとめられたサーモンピンクのカーテンが、白を基調とした部屋のアクセントになっている。少女は、とたとた小さな足音を立てて窓際まで駆けていった。テーブルに置かれた一輪挿し、天井からぶら下がる球体のペンダントライト、正規プロダクトのおしゃれな椅子、ソファには見向きもせず。

「わあ、すごーい！　きれい！」

子どものように――実際子どもだが、東京の夜景に感動する彼女の純粋さに、喜美子は懐かしさを覚えた。自分にも、そんなときがあった。

「新宿とか渋谷とか、慣れてるんじゃないの」

「ぜんぜん！　こんな高いところからなんて初めて」

両手とおでこをぺったりとガラス窓にくっつけて、街を模《かたど》る光のドットを満遍なく見渡す。

「あれが働いてる会社」

「え？　すごくない？　なんか超近未来って感じ」

新本社ビルが昨年に竣工し、喜美子はそれに合わせてこのセントラルピア麻布十番1105号室へ引っ越してきた。徒歩圏内。全てが会社中心に回っている。

「こんなとこに住んでるんなんて、おねーさん、お金持ちだ」

少女の指摘どおり確かに貯蓄はあった。必要な家具は全て揃ってるし、不便は全くない。毎日、望めば好きなものを飲み食いできるし、フランス製の最高級寝具に身を包み、その日を終えられる。四十代で、この暮らしを送れる者はそう多くはいないはずだった。「独身貴族」の皮肉も板に付いてきた。

「ねー、ここ開けていい？」

クローゼットに手を掛け、喜美子が「いいよ」と言う前に扉を引いている少女の漫画のような無邪気さに、希望の一片を見つけた気がした。

少女は、服の間に手を差し込んでは捲《めく》って「いいなあ」を連発する。可愛いものに対して「かわいい」と大声を張り上げる真っ直ぐさ。新しい自分の姿に想像を膨らませるのを見て、

「それ、着てみてもいいよ」と促す。

「ほんと？　やった！」少女は、あからさまに喜びを表し、漆黒のダブルコートに袖を通す。

「超かわいい！」

「似合ってるよ」

「いいなあ……これいくらくらいする？」

「うーん、四十万くらい？」

「ひえ〜」少女はわざとらしく驚嘆する。

「やっぱお金持ちじゃーん！」

「まあ、仕事しかしてないからね」

オーバーサイズのコートに包まれる少女の姿に、喜美子は萌えた。ファッションショーが始まった。ドイツ製のスタンドミラーを前にして立ち、向こうの自分を見つめながら体を左右に捻ると、裾がひらりと揺れた。服の黒色と対照的な真っ白な脚はレジン製のドールのようにきめ細やかで、ライトを反射させるほど瑞々しかった。ロングコートの丈はフローリングにくっついて、布の重みでくしゃっと潰れた。その様子も少女の華奢さを強調し、喜美子の「母性」をくすぐるようだった。普段はさして使わないスマートフォンのトリプルカメラが真価を発揮する。

ショーの後は、しばらくテレビ画面に映し出される適当な番組を流しながら、他愛のない話をした。炭酸のように爽快な声で、自分の趣味について熱く語る。フルーツが好き、とくに苺とリンゴが好き、ミルクティが好き、お菓子だとチョコレートが好き、カカオが八十％以上のものが好き、花だとコスモスが好き、一面に咲く様が好き、あのドラマに出ていた俳優が好き、アイドルが好き。

「アイドル？」「うん」「それって……男性グループ？」「男は、まあ、って感じ。あたしは、神楽坂48のれなちが好きぃ」

喜美子が首を傾《かし》げると、少女はサッとスマホを取り出して画像を見せてくれる。ああ、この子ならバラエティ番組で見たことがある。グループの冠番組でよくある司会の二人の男性が少女たちにマウントをとっていじる番組構成は好みじゃないけど。可愛さが、男を魅了するためにあるとでも？　少女の可愛さに、勝手な意義を付着させるな、と喜美子は嫌悪する。

自分以外の存在がすぐ隣にあることを、少女の頬に生えた細かい毛が喜美子に感じさせる。そして、少女のうなじから漂う、少女独特の甘ったるい匂いに打ち負かされた。可愛さが生きている。少女が大きくあくびをすると、あのバーでは気が付かなかった小さな八重歯が覗いた。喜美子の心が回転した。「あたしのどこが好き？」なんて訊かれたら、決して言葉にできず、とにかく全部好き！　としか答えられないだろう、とファンタジックな気分にそそのかされ、ニヤついてしまう。

半年前に書きかけたままほっぽった日記帳の赤いカバーを思い出すまでに、昨晩から今までの出来事は鮮烈なものだった。喜美子も欠伸《あくび》をし、カウチソファに寄りかかって一息ついた。

目を覚ますと少女の姿はなかった。眠気は一気に引いて、閉所恐怖症に似た胸の圧迫感を感じた。玄関にスポーツブランドのスニーカーはなく、施錠はされていなかった。体重でドアを押し開け廊下に視線を走らせたが姿を認められないのは予想内で、喜美子は肩を落として再び持て余した体重をソファに預けた。しばらくすると、時の流れは元に戻り、土曜の日中にもかかわらずもう週明けのことを考え始めていた。何か大事なメールが来ていないか、とテーブルに張り付いたスマホを拾い上げるとロック画面に通知が浮いていた。

《ごめんね、友だちと約束してて（ぴえん）／新宿帰るね（汗）》

不安は燃え、蒸発していく。

《びっくりしたよ（笑）また、いつでもおいでね（にこにこ）》と指を滑らせてから、後半を削除して入力し直す。《――つぎはいつ来られる？　美味しいもの用意して待ってるよ（にやり）》

自分が相手に対して好意を抱いていると表明すれば、断られたときに受けるダメージは大きくなる。喜美子の心は非常に脆《もろ》いけれど、だから「八方美人」でこれまで生きてこられたのだ。だが、今この瞬間が余生の丁字路《ていじろ》、少女とのかつてない関係性が、間延びした日常を解体するかもわからない。その欲望を素直に認められればいいものを、「少女が心配」だという「お利口さん」意識が隠してしまう。これが喜美子の思考の癖であった。喜美子は、少女に救いの手を差し伸べている、もう一人の自分を自分に憑依させていた。

スマホの画面が点灯し、可愛いウサギのスタンプが送られてくると、喜美子は安堵を覚えた。そして週末のルーティンに戻る。土日は、月曜日のためにある。週明けのスケジュールを確認し、タスクの優先順位を見直し、返信できるメールの文書を作成して送信予約をしておく、などなど、やるべきことはたくさんある。

月曜日から金曜日までの平日は、会社に「上納」する契約になっているのだから反《ほ》故《ご》にはできない。それが〝キャリアウーマン〟というやつだ。って、何がウーマンだ。ふざけたネーミングしやがって。まるで女は、キャリアが特別みたいじゃないか。と不平を述べたところで、会社の人間は、喜美子をそのカタカナ語で認識し続けるのだろう。

朝八時に出社し、ほぼ毎日残業をし、くたびれて帰宅する。数時間のプライベートと睡眠だけではもう体力は回復せず、不足分がいったいどこから補充されているのか不明のまま放置していた。半年前からずっと風邪の症状が続いており、薬を服用しても全く効果がなかった。喜美子の仕事は極めて専門的であり、分業できる相手はいない。全てを一人で抱え込み、兎にも角にも忙しかった。待遇は十分すぎるほどだったが、それでもなお多忙の代償は大きく、得るものと失うもの、両者には相殺《そうさい》できないほどの差があった。精神はくたくたでも、スーツと顔の皺は消した。周囲からの評価に怯えながらも、自分は「美人」であるという評価の中でしか生きていけないんだという他者の視線が長年にわたって刷り込まれていた。〃キャリアウーマン〃という呼称はまだまだ現役で、三十路になれば、たいていの女は結婚しているのが常であると言わんばかり、〃普通から外れた人種〃として見限られている感がある。「幸せな家族像」からは対極の職務経歴――果たして哀れみから生まれた言葉なのか、それともクィア的精神から生まれた言葉なのか。名は体を表す。黒髪のセミロング、ボストンタイプのメガネ、１７０近い身長、スカートよりもパンツタイプがよく似合う。性格を一言で表せば「真面目」であるが、「クソ真面目」ではない。ある種の柔軟さを持っており、相手の性格に応じて会話の流れを変形させる。冗談を冗談として見極め、セクハラまがいの言動に対しても受け流す術を身に付けていた。

《駅着いた！》

喜美子の胸中にじんわりと、日向《ひなた》で感じる温かさが広がった。これが「嬉しい」という感情であった。たった五分がもどかしかった。わざわざ、私に会うために時間を割いて来てくれるのだ。仕事だからではなく、ただ私に会いに来てくれる。

《1105号室だからね！　番号押して呼出、押してね（ニコニコ）》数分後にはインターホンにあの愛おしい顔が映る。

オートロックが解除され、少女は、広々としたロビーから、エレベータで十一階まで向かう。ホテルライクな内廊下をずんずん進むと半開きになった1105号室の扉から優しい顔が微笑みかける。喜美子の姿が見えると、少女は、ああ、と思った。ほとんど記憶にない、「ただいま」の瞬間——どの場所であれ、性格は左右されないものだと、自分の同一性を疑いもしなかったが、喜美子を認めた瞬間、これから始まるだろう新しい生活を想い、身がとろけるような官能的とも言える安心感が生まれた。この感覚は、喜美子の中にも生じた。「おかえりね！」二人は再会し、笑顔を交換すると、少女の腹が大きく鳴った。小さな体から発せられる生物音が憐みの念を呼び起こす。

「お腹減ったよ～」

「何食べたい？」

「うーん、何がある？」

「なんでも」

こんなやりとりが日常を彩っていくなんて最高じゃないか、と喜美子は思う。スマホでできるにもかかわらず、テレビの電源を入れ、リモコンに向かって宅配サービス名を唱えると、大画面が反応して切り替わり、洋食、和食、多種多様な料理のサムネイルが一面に整列した。

「おー」と口をあんぐりしてパチパチと拍手をする少女。

「何系がいい？」

「お肉！」

好みを瞬時に言える素直さ。洋食↓肉料理、とカテゴリーを辿っていく。画面は、茶色が七割、残り三割は健康的な緑系統の色が占めている。

「えーどれにしよう！」

「遠慮しなくていいよ」

少女の表情には何ら偽りがなく、どの料理にも魅了されているようだった。また腹が鳴る。喜美子の体温が心地よくわずかに上がる。

「じゃ、あれ、サーロインステーキ！」

「これね、わかった」

底なしの若さ。喜美子は、極上和牛のステーキ二つをカートに入れ、デザートの特製パフェを追加し注文した。待っている間はカウチソファで二人並んで「新宿」らしい話をした。友達とファッションビルをぶらぶらして、カフェで甘いフラペチーノを注文、SNSにアップして、ファミレスでミラノ風ドリアとドリンクバーで2時間

——インターホンが鳴る。カメラ越しの配達員が一生住むことはない異世界に迷い込み明らかに顔を火照《ほて》らせている様子に、喜美子は得意げだった。玄関の扉を開けて階下から配達員が上がってくるのを待つ。数十秒後には白い袋を提げ、こちらを見やると小走りにやってきて、商品名を呪文らしく唱えながら手渡すと、そそくさと去っていった。

両手に肉の重さを感じる。この商品もそうそう注文されるものではない。店員も

「お」と感じたはずだ。袋からプラスチックのケースたちを解放すると、香ばしい匂いが鼻をくすぐった。喜美子はキッチンからいつかの来客用にと買った洒落た皿を手に取った。盛り付けでさらに料理は美味しくなる。

「届いたよ、どこで食べる？　ここでも、あっちのテーブルでも」

「じゃ、ここ」

「オッケー。あっちで手、洗ってきて」

少女は洗面所に向かう。会社のクリスマスパーティで貰ったビーグル犬のスリッパが数年越しに命を与えられ、耳をぱたぱたさせる。少女の白く、丸い踵からは、アキレス腱が伸びる。さらに脚、膝裏、腿まで一直線にすっと美しい造形が、ホットパンツ手前の臀部までつながっている。寒いだろ、まったく、おバカだなあ。すぐに少女は戻ってきてリプロダクトではないパーソナルチェアに陣取った。シーリングライトを反射する少女の太腿は、まるで白いエナメルのようだった。

「いっただきまーす」

小さい手でフォークとナイフをふんわりと持って器用に肉を切り分ける。絨毯の上で脚を崩しぺたりと座り、ローテーブルの天板の外に肉がはみ出さないように注意を払いつつ、顔をぐっと前に出し口に押し込んだ。

二の腕の引き締まった脂肪の緩やかなカーブが〈少女〉を証明する。襟元に結ぶりぼんが真っ直ぐ下に垂れるのも、美しい。寸胴な体型が、大人の世界の汚れを跳ねのける。喜美子が両手の指で円を描いたら、それをくぐり抜けてしまうくらいコンパクトな頭を覆う髪は、無抵抗にさらりと伸びており、つむじを作らないストレートに輪っかがのっている。

綺麗に平らげ、満足げな表情を浮かべる少女を見て愛おしさを感じ、喜美子はうろたえた。心は縦横無尽に浮遊して、上から少女を眺め、母性、庇護欲を感覚させたり、横から少女を見据え、修学旅行のあの永遠に夜が止まるかのような懐かしさを感覚させたりした。年齢は気体となって消えた。

間もなく十一時になると海外アンティークの壁掛け時計が教え、二人は夜を快く迎え入れた。

「もうこんな時間だ〜帰りたくない〜」

「——泊まってく？」

「いいの？　迷惑じゃないなら」

「いいんだよ、いつでもゆっくりして。ほら、お風呂ももうすぐ沸く時間だから入りな」

「うん！　どんな感じ？　見てみたい！」

「こっち、おいで」

リビングを出てすぐのドアをスライドさせると現れるガラス張りのバスルームに少女は驚嘆、興奮した。「やばい！　なんかエロい！」

「そんな言葉、使わないの」

「だってえ、こんなのドラマのあーゆーシーンでしか見ないよ！」

「なんか変な影響受けてない？　周りが見てるからって、そんなの見なくていいんだよ」

「はいはい、じゃ、入りまーす」

鼻歌を歌いながら少女がボタンを外していくので喜美子は焦って乱暴に外に出た。

五分ほど経って、喜美子はアッと気付く。そうだ、着替え、ないよな……。自分の下着を貸すわけにはいかない。中年のショーツは少女にとってサイズオーバーだし、これ、着ていいよ、とつまらないトーンの布っ切れを差し出すのはさすがに恥ずかしい。

喜美子は、少女を一人残していいものかと二の足を踏んだが、「来客」に不快な思いをさせてはならないと責任を感じ、急いで近場のコンビニへ向かうことにした。エレベーターの箱が上がってくるまでの僅かな時間も煩わしい。喜美子はボタンを連打し、ドアが閉まるのを見ながらも、少女のことを思い浮かべていた。

二月下旬の未だ凝結した空気が肌を突き刺す。一つ隣の道路に面したコンビニに入るのも久々だったが、指はカゴの取っ手を引っかけていた。陳列されたドリンクの容器には色とりどりのフルーツが印刷され目をチカチカさせる。この丸ごとりんごジュースにしよう、擬人化されてて可愛いし。好きだと言っていたミルクティーも。お菓子コーナーでも、高カカオチョコレートやチョコクッキー、グミチョコなどをカゴに放った。少女が〝子どものように〟喜ぶ姿を想像すると、店内の温度が熱く感じた。

対側の棚に回り、なんとなく視線を滑らせる。歯ブラシセットがある。洗面所には医療機器メーカーの電動歯ブラシが起立しているだけなので、出張用のストックがあるよ、と言って、さりげなく手渡すのはどうだろう、出張先のホテルに歯ブラシがないところなどないが。と自分にツッコミを入れつつ、右手は塩化ビニールのケースを握っていた。

少し首を前傾させると、下段の真ん中あたりに、002だの003だの書いた箱があった。喜美子は顔をしかめた。避妊具が誰でも簡単に入手できる、そんなディストピア的な現実がある。いや、逆なのかもしれない、とも思う。事故で生まれさせられる生命の受難は免れる。

靄のかかった気分のまま目を逸らした先に、小さく梱包されたショーツがあった。もうすぐ少女は風呂から出てしまうだろう。清潔なものを身につけてもらいたいものだ。しかしふと手を止める。ブラはいらないか？　つーか、下着、買っといたよ、と言う自分は、プライベートにズカズカ入る変質者で気味が悪いのでは？　喜美子は自嘲し、ああもう！　と苛立ちを左手に込め、とりあえずパッケージを千切るようにフックから引っこ抜いてそのままレジへと向かった。

会計を済まし、大急ぎで来た道を戻る。濡れた髪をバスタオルで撫で付ける少女が、優雅に読書する喜美子の姿を認め、安堵してもらわないと困る。散歩中の柴犬には目もくれず、エントランスをくぐり、エレベータに身を進め、そして、十一階まで昇ると息が切れていた。扉を開け靴を乱雑に脱ぎ捨てた。リビングに通ずる引き戸に嵌め込まれた擦りガラスに影が揺らめいた。

「ご、ごめん、ちょっとコンビニに……って」

少女は喜美子の赤い電動歯ブラシを咥《くわ》えていた。

「あれ？　使っちゃダメだった？」

「いや、いいんだけど……ほら、着替えとか、ないでしょ」

「いちおう予備は持ってる」

「ああ、そう」

「洗濯機に入れちゃったけど、大丈夫？」

「え、ああ、ぜんぜん。今度、いろいろ荷物とか持ってきていいから」

「うん！　ありがと。お洋服とかも持ってこようかな」

喜美子は、その荷物が現在どこにあるのか、訊いてから不思議に思った。あのバースデーでの続き——少女にも生物である以上は親がいて、実家、というものがある。娘が一日でも行方知らずで帰宅しなかったら、「普通」の親ならば、事件の二文字が浮かんで警察への通報を考えるか、一夜くらいは羽目を外してもと大目に見るかのどちらかだ。

「お母さんに連絡入れといてね？　じゃないと、誘拐になっちゃうから」

「あはは、大丈夫だよ。別に心配してないから」

（そんなことないって）と出かかった声を喉仏手前でこらえた。少女の親はもはや娘への興味を失っていた。喜美子は、会ったこともない少女の親に対して、悲しみも憤りも感じた。

いつかのニュースで特集された「家出少女」たちは、ネカフェの個室で夜を明かす。「宿泊費」はだいぶ安価だろうが、シャワー付きのところは少なく、あっても別料金である。洗濯はコインランドリーがあるが、毎日の利用となると費用はかさむ。大半の「少女たち」は、ビジネスホテルクラスに寝泊まりできない。週・月単位で宿泊の予約を入れるほどの資力はなく、仲間を探しにトー横に足を運び、つながった複数人と一緒に一室を借りて雑魚寝《ざこね》することもあるそうだ。その日の生活費すら危ういのに、家に帰りたくない「少女たち」が、SNSで#（ハッシュタグ）「家出少女」と自ら名乗ると、《泊まっていいよ！》と「神」が降臨するらしいが、この子に限っては、そんなことはしていないはずだ。

クズどもから少女を守るため、「お部屋、用意しておくから」と言うと、少女は眉をハの字にして「いいの〜？」と上擦った声で感動をあらわにした。

化粧なんかしなくても、どうしてこうも美しいのだ。自分の可愛さを理解している。そして、可愛いことを、正義とも罪とも思わない純朴さがある。

喜美子は、いたたまれない気持ちになって、さっとリビングを出て自室に戻り、着替えを片手にバスルームへ向かった。これからは電動歯ブラシのスタンドを見れば少女を思い出す。彼女が咥える歯ブラシには、喜美子の唾液の微粒子が付着している。申し訳ない気持ちがたたり、喜美子は翌朝、歯ブラシのヘッドを取り外して捨てた。そして、新しいものと交換した後、コンビニで購入した歯ブラシセットを横に置いた。

少女の入った湯に浸かる行為にも後ろめたさがあった。それは下心があるからではなく、間接的に少女を汚してしまうように感じたためだった。だから、シャワーで済ませた。幼い頃、親の後に風呂に入ることに重たい抵抗を感じていた。自分の成長の姿となる母親、そして、一番身近な「男」である父親の老廃物が溶け出した湯。他人ではなく家族だから大丈夫なのが当たり前、という前時代の考えが嫌いだった。親の裸も見たくなかった。銭湯で母親のだらしない体を見るのを我知らず忌避していた。他人の裸のほうが幾分マシだ。そして、親からの視線より、他人からの視線のほうが幾分マシだ。母親は、母親自身の体と、娘の体を見比べていた。

リビングに戻ると少女は、ぬいぐるみを寝室から引っ張り出して抱いていた。白い犬のキャラは会社の忘年会で貰ったものだった。シロタと名前をつけた。シロタは少女の腕の中で天真爛漫に笑っていた。

「……キミはさ」

「みゆ！」きっ、と大袈裟に眉を吊り上げて、少女が名乗る。

「みゆ」

「そう、あたしの名前」

「どんな字を書くの？」

「美しいに、髪の毛をゆうの結で、美結」

これを境に、ようやっと少女は特定されて「美結」となり、そのことが無性に嬉しくてたまらなかった。美結が、自分と同じ時間を過ごしている。その状況が生成する快さに満ち満ちた気分を、自らの中で大切に抱擁する――それだけをすればいいのに、何かしらの正当化をしようと心が走る。美結が心配で仕方ない、親切心でここに連れてきたと言わんばかりに、家出してるんでしょう？　と何度も言いかけては、あのバーでの硬直した表情が視界に差し込まれ、喜美子の口をつぐませた。

（私は何を確認したいの。帰る家を、この子は「新宿」だと言った。私の言う「家」が、コンクリートの壁で囲まれた空間のことを指すなら、あのバーも「家」に違いないでしょう。あの子の言うとおり、私ったら、両親が待っている場所があるべき「家」だと考えているきらいがあるわ。でも自分の場合はどうだった？）

　喜美子は両親の顔を思い出そうとするが、それらの目や鼻や口や眉は、ぶよぶよした輪郭の中で揺らいでいて捉えられない。大人になるまでは、両親の庇護のもと、決まった建物を往復する毎日が「安全」であると疑いもしなかったが、いったい何から守られていたのだろう。改めて思い直す。ひもじい思いをしたことはなかったし、一人っ子だったため、愛情がキョウダイで振り分けられることもなかった。金銭面は完全に保障されていた。母は専業主婦で、父はサラリーマン、典型的な核家族だった。暴力を振るわれたり罵声を浴びたりした記憶はない。帰宅すれば、母は必ず「おかえり」と言ったし、父が会社から帰ってくれば「ただいま」を聞いた。何一つとして異常のない完璧な家族像だった。だから、常なる緊張状態に喜美子は陥っていた。今の仕事に就くまで実家にいたが、一人暮らしを始めてから、いかに窮屈な思いをしていたかを喜美子は悟った。

美結の一種の雰囲気は、実家暮らしをしなくても多くの人やモノに守られているようにも映った。彼女は「自由」を象徴しているようで、これまで「いい子」の枠内に収まろうと我慢してきた喜美子自身の憧憬の的にもなりうる存在だった。

「美結……ちゃんはさ、なんか夢、ある？」

「夢？」

「そう、夢。将来何になりたい！　とか」

「うーん、あんま考えたことないから分かんないや」そう言って美結は、にっと白い歯を見せて笑った。

「あたしは、別に、今日死んじゃおうが、明日死んじゃおうが関係ないんだ」

「死んじゃうって……」

「事故でだよ、事故。たとえばね、車にどーんって轢かれて死んじゃっても、なんの未練もないの。だから夢とゆうか将来のことなんて忘れてるし、どうせ八十歳くらいになったら、その将来だったいつかのことだって忘れちゃうんだ。おばあちゃんがね、もういないんだけど、忘れちゃうの怖くないのって聞いたら、怖いよ、怖いけど、昔のことも、そしてこれからのことも考えずに済むのは、すごく幸せなことなのよって言ったの」

「そっか……」

「お姉さんはあるの？　夢」

「ねえ、」横を向くと互いに目が合った。喜美子は眉間に力を入れて「私も名前で呼んでよ」と言った。「キミコ。よろこぶ、美しい子と書いて喜美子。古い名前でしょ」

「むしろ新しくない？　あ、しかも、あたしとおんなじ漢字だね、『美』」

「ほんとだ！　嬉しいなあ」

「ねー。どっちも『み』って読むんだね。き、み、こ。じゃあ、ミーちゃんね」

「ミーちゃん」いいじゃないか。猫っぽさもあって良い。

「で、何の話だっけ」

「ああ、ごめん、逸れちゃったね。夢、わたし……わたしのは、何だろう」自身の生き様に向き合うきっかけを不意に少女から与えられ、言葉に詰まった。

「何になりたいんだろう？　よくわかんない質問じゃない？　何か別のものになるって前提、おかしくない？　あたしは『あたし』だし、ミーちゃんは『ミーちゃん』でしょ」

喜美子は、自分よりよっぽど熟した考え方を持つ美結にすっかり陶酔してしまう。

「それともなんか欲しいものがあるの？」美結はヘラヘラ笑いながら皮肉を言う。

「いやあ、別に」リビングを見渡す。「物理的には満たされているけどさ……なんていうか、孤独を感じてる」。欲しい物は全て揃っていた。貯蓄もある。終身雇用制度を頼りに定年まで会社に尽くせば、家のローンは完済できる計算だった。だが人間関係が欠落している。四十半ばにして、親しい間柄の者はおらず、男性経験もない。歳を重ねても、街ゆくカップルの片方になれるとは思えず、やはりそのとおりにこの年齢まで来てしまった。

「この歳になってね、私はつまり、独り身で、趣味もなく、仕事しかしてない女」

「『孤独』って、寂しいってこと？」

「そうだね……ずっと、何をするにも独りなんだよ。会社に行けば人はたくさんいるんだけどね、おかしな話だよね、いろんな人とのつながりはあるのに、なんでこう、一人ぼっちに感じるんだろうね。みゆちゃんは、たくさん、お友達がいるでしょ？」

美結はいつもの場所、トー横に集まり、似た者同士、傷を舐め合っているはずで、そのコミュニティが喜美子には羨ましく映っていた。

「たくさん？　いないいない。同じ時間に、同じ場所にいる、それだけ。ミーちゃんの想像してるような感じじゃないと思う。特別な関係じゃないから気兼ねなくお喋りしたりできるけど」

「……寂しいなあってときとかある？」

「サビシサって、どんな状態をいうの？」

たとえ「居残り状態、自分を愛せていない泥沼状態」のように定義が浮かんでも、そこから抜け出す方法を知らない。喜美子には言語化する余裕がなく、黙るしかできなかった。美結は隣でシロタの頭に顎をのせ、足をぶらぶら左右に揺らしている。

「考えすぎだよ。あたしなんて、なーんにも考えてないよ、明日のことなんて、明日考えればいいでしょ」

喜美子は短く笑って見せた。「トー横にいる子たちって、みんなそんな感じなのかな。あるのは今だけで、今が楽しければそれでいい、みたいな」

「そういうのはあるかも、みんなってわけじゃないけど、実際、自分勝手だよ、だって、自分のことしかわかんないんだから。ううん、自分のことだってわかんない、なーんにもわかんないんだから」

　何を怖がっていたのだろう、喜美子は不思議に思った。思考の停止は進化なのではないか。この世を生き抜くための進化なのではないか。

「やりたいことをやって、やりたくないことはやらない。ミーちゃんとは真逆」

　込み上げるものがあった。はあ、と深く息を吐いて、目を閉じてみる。瞼の裏側から広がる暗い暗い広間には、体がかろうじて形を保ち揺らめいている。そこには性別も年齢もなく、いかに視覚が脳と直結しているか思い知り、恐ろしくなる。

　どうしたの。大丈夫？　遠くで、響く声、が、自分に対して向けられていると気が付き、喜美子は、意識を現実の中に戻していった。

　この十数年、ずっと体内を滞留していた涙が頬を伝った。

「わぁぁ泣かないで！　ひどいこと言っちゃったよね、ごめんね。ね？　あたしが一緒だから、大丈夫だよ」

　それは、長年求めていた言葉であり、少女自身が求めていた言葉でもあった。

　何が大丈夫なのか。その、何＝対象は、さして重要ではなかった。ただ、その涙が落ちるのを、勝手な意味付けをせず見届ける存在が必要だった。

体は疲弊していたが、まだ活動範囲内だった。自分がいなければ、この会社は回らない。そう信じてきた。仕事を頼まれれば断らずにこなし、対立勢力があればその間に立って調停し、四方は溢れる感謝で囲まれていると喜美子自身は信じ続けてきた。自己犠牲を美徳にし、一度たりとも怒ったり不満を言ったりすることもなかった。「愛」を振り撒いているはずだった。「私」が嫌いな人なんていない、嫌われる要素がないと自負していた。だが、医者から「仮面うつ」の言葉を喰らったとき、自分はどこかで嫌われ不安を克服できていないのだと思い知らされた。「大人」であれば、「誰からも好かれるなんて不可能だ」と諦めるだろうところを喜美子は、「自分を嫌う人間の心理を理解し、好かれるよう努力したい」とエゴイスティックに願った。自分自身とは正反対の人間を理解できたのならば、どんな相手に対しても、自分を偽り抜けると思った。それは、八方美人の具現化だった。新宿歌舞伎町、トー横界隈にたむろする若者たち、都会の建物に挟まれた不可視の領域に寄り集まる様子が脳裏に浮かんだ。人目を気にしない者たちが、「社会」の重圧に抵抗して粋がっているイメージだ。それでも住人たちとの距離を詰めながら、少しずつ場の空気を馴染ませ、彼ら彼女らにも各々事情があってこの地に住み着いているのだと納得すれば、嫌悪感も解消していくはずだと喜美子は考えた。いつでも逃げられる臨戦態勢で排他的な区画を眺めていると、身ぐるみ剥がされそうな恐怖が全身を包んだ。飛び込めば食い殺されてしまう――一歩二歩と場を離れようと歩き出した脚を別の恐怖が止めた。歳を重ねても現状は間延びするだけで何一つ変わらない恐怖。喜美子は「変化」を求めた。全く新しい関係性を求めた。今日いた人間が明日にはいなくなっているような、不安定な空間にこそ求めるべき、新たな関係性を。変化があるとしたら、この場所しかない。いっそのこと食い殺してほしいとまで願った。具体的なプランはないが、女が一人ふらふらしていれば、四十だろうが五十だろうが、誰かしら声はかけてくるはずだ。キャッチに引かれてホストに狂おうが、それはそれでよかった。狂うきっかけができるのであれば、ウェルカム、運命の担当を見つけてオーバーワークで稼いだブラックな金を、ぱあっと使ってやろうぜ、なんてな。新世界の広がり――固まった自己像を破壊したいという欲を最短で満たせそうなイメージが充満する歌舞伎町、アイ・ラヴ。

喜美子は、会社上がりに繰り返しトー横を訪れたが、そこで〈少女〉――自分が嫌う世界と反対側の住人を見つけてしまうとは思ってもみなかった。大人の世界であるはずの「新宿」は、〈少女たち〉を大人にしていくための培養装置、しかしその内部にいるはずの美結だけは、なぜか異なる位相に存在しているように喜美子には映った。戦禍の生存者。身体的には自分と同様に歳を重ね、少女性は失われていくとしても、喜美子が見ていたのは、時間の経過とは無関係に彼女を媒体に存在する〈少女性〉である。希少な〈少女性〉を、なぜ美結に抱いたのか。美結の佇まいから直ちに結び付けられた〈少女性〉の言葉に含まれる性質とは一体？　感覚を言葉に変換するならば、〈希望〉であった。とすれば、現在の自分は「絶望」の渦中にあるのだろう。美結はどこか〈少年的〉な側面も持ち合わせていた。喜美子にとって〈少女性〉と〈少年性〉は多くの部分で重なっていた。とくに前者は、自分自身と連続性があると信じていたかった。私の中にはまだ〈少女性〉がある。だがどこかで〝男性性〟の影に生じた〝女性性〟にきつく縛られているとも感じていた。肉付きの良い胸や尻は、〝男性社会〟において魅力があるのと同義だった。男性を魅惑するために発達した〝性的な部位。今までも、男性社員からは女性として見られていた。そして企業は、〝強い女性〟としてのイメージが突き抜けなければ上に上がれないシステムになっていた。人格が健全であると主張するためには「架空の恋人」をちらつかせなければならず、不倫にも寛容な、「美魔女」であると印象付ける必要もあった。

苦い記憶が蘇る。幼馴染の愛ちゃん。高校まで毎日一緒だった愛ちゃん。クラスが違っても昼休みは互いに顔を出し、晴れの日は、屋上や中庭で肩を並べて弁当を食べた愛ちゃん。仲良しなのは確認不要であり、二人手を取り合って「おばあちゃんになってもずっと一緒」と約束した。卒業後は進路が別々になってもケータイでいつもつながっていたし、休日は原宿や表参道の洒落たカフェでのんびり過ごすこともあったし、相手の家に行き、そのまま一泊することもあった。

ところが、幼馴染はある日を境に遠のいていった。大学二年の秋学期である。メールの返信が一日でも空けば、何かあったのではないかと喜美子は気が気でなかった。空しく呼び出し音が鳴り続けた後、ぶつりと切れ、《ごめん！　ちょっと忙しくて》と文字が送られてくる。初めて、自分の存在が彼女に迷惑を掛けていると感じた瞬間だった。

休日のカフェはひときわ窮屈だった。

「彼氏ができたの」

嬉々として報告する幼馴染に、突発的に「おめでとう！」と口から出た祝福の言葉の意味を吟味して、そこに偽りの感情——制度化された意思が表れていることに喜美子は気が付いた。内心ぜんぜんめでたくないが、興味のある振りをしてみせる。「どんな人なの？」「写真ないの？」「いつ知り合ったの？」質問を投げながら、見ず知らずの男に怨念を募らせていった。

幼馴染の世界では、恋仲の彼氏が全てにおいて最優先の存在となり、数ヶ月後には式が挙げられた。

（ねえ、アイ、できちゃった婚、らしいよ）

（その言い方！『おめでた婚』でしょ？）

（アイも、ついにママになるんだねえ）

と、参列者が息でする会話に目尻の神経が軽く痙攣した。それを合図に喜美子は立ち上がり、マイク一点を見つめながら、とつとつとヒールを鳴らして前へ出た。自らの長身に合うよう、スタンドの高さを調整する。二人への祝福の言葉がいざ口から出ようとすると、新郎の名前が消失していって「……本日は、本当におめでとうございます」としか言えない。

「……新婦のアイちゃんとは、幼稚園の頃から一緒の幼馴染です。アイちゃんは……」喜美子を見つめる参列者は、例外なく男と女だった。幼馴染と新郎の顔の上半分がとろけていた。幸せにのぼせた二人の下品な顔に、アイは、もうアイではないのだと悟った。私はアイにとって、単なる友人代表。新郎は、アイにとって「夫」であり「友人」ではない。自然と涙が溢れた。会場がどよめくが、あらあら、という式典に織り込まれた感動シーンになってしまう。とにかく次の言葉を体内から絞り出さねば。

「アイちゃんは、優しくて、励まし上手で。高校生の時は、私が模擬試験の結果が出ず落ち込んでいた時に、『よし、じゃあ、気分転換しに行こう！』って言ってくれて、京都旅行に行ったのは、本当に楽しかったです」

沈黙。再開。

「アイちゃんがこんなにも早く結婚するなんて……だって、まだ大学生で、これからまだ、なんというか、社会に出るために、いろんなことを勉強して……自分のことで精一杯な私と違って、アイちゃんは、やっぱり、その名前のとおり、愛に溢れていて、キラキラ輝いてて……とても、遠くに感じて……」と言葉を詰まらせると、幼馴染は、大袈裟にううんと頭を横に振った。

「……二人には、前から出会うことを約束されていたかのような、そんな、神秘を感じてしまいます。アイちゃんの結婚が、まるで自分のことのように嬉しいです。わたしの大切なアイちゃんをよろしくお願いします。お二人、末長くお幸せに。」

体内の不純物で濁った濃い涙だった。披露宴で任されたスピーチで喜美子は、アイに対する独占欲があったことを知ったのだった。

喜美子は、拍手に脅されながら、自分の席に戻り、冷たくなった脚をさすった。プログラムの進行が速度を落とした。早く進め、早く進め、ここに私の居場所はない。皆が「幸福」と言う状態は、私の生きている動線とは交叉しない。してたまるか。と、喜美子の眉間に深いしわが寄る。カリカリカリカリ、不健康な爪の間に角質が溜まっていく。ああ、始まった。一番嫌いな時間が。

「お父さん、お母さん、今日まで育ててくれてありがとう。改めて言うと、少し恥ずかしい気持ちもするのだけれど、今日は、感謝の気持ちをしっかり伝えさせてください。お父さん、お父さんは毎日夜遅くまで仕事を頑張って、疲れているのに、運動会に来てくれたり、遊園地に連れてってくれたね。すごく嬉しかった。小学生の時、私がある男の子に悪口を言われて、泣いて帰ったことがありました。そのことを知ったお父さんは、その子の家まで私を引っ張っていきました。私は、いいよ、いいよ、と言ったのに、優しく、大丈夫、しっかりと話そう、と言いました。とても真剣な横顔がかっこいいと思ったのを今でもしっかり覚えています。将来に悩んだ時は、食事に連れていってくれました。一緒にお酒を飲んで、たくさんお話をしましたね。背中を押してくれて、とても心強かったです」

首元がむず痒い。幼馴染の潤んだ目を見ていられなかった。

「お母さん、お母さんはいつも明るくて、いっぱい励ましてくれましたね。心配をしてくれるけれど、その理由を聞き出そうとはせず、その代わりに大好物のハンバーグを作ってくれました。中学生になってからは、意見が合わないこともあり、よく喧嘩もしましたね。でも、私のことを思ってくれていたのだと、今になってわかります。毎日、作ってくれたお弁当が楽しみでした。授業参観の時は、みんなから、あれ、アイのママ？　超キレイじゃん、と言われて、とても鼻が高かったです。いつもニコニコのお母さんが大好きです」

両親というやつは、この瞬間のために生きてきた。披露宴は、親としての務めを果たした「承認式」でもあった。

「私にとって、お父さんとお母さんは、理想の夫婦です。二人は三十年以上、楽しいときも、つらいときも一緒でした。私も、二人のような夫婦になりたいな、とずっと思ってきました。そして、……さんと出会いました。私は今日、お父さんとお母さんの元から旅立ちます。二人をお手本にして、あたたかい家庭を築いていきたいです。……さんのお父さんお母さん。私を新しい家族として迎え入れてくださってありがとうございます。これからも末永くよろしくお願いします。……さんと、どんなときも手を取り合い、二人歩んでまいります」

会場は拍手に包まれる一方で、幼馴染への思慕の念は完全に冷めてしまった。……(音声と文字とがリンクしない)さんだと？　呆れる。いつも支えてたのは、私だろ？　ぽっと出の男が、「親友」関係を軽く超えてしまうのは、心底納得がいかなかった。さらに納得がいかないのは、つらい、もうやだ、死にたい、しんどいしんどいと言っていたアイが子どもを産むことだった。自分のしんどさを、子どもを産んで消化する。どこまで行っても自己都合ではないか。腹を痛めてリスクを冒しながら赤子を産み出すのは、何者かに取り憑かれている、あるいは、突き動かされているとしか、喜美子には思えなかった。自分以外の人間に対して時間と金を使う。それはすごいことだとは思う。だが、すごいと思うのと、そうなりたいのとは、まるっきり異なる。

以来、喜美子は、一つの関係性に執心するのをやめ、複数の関係性を常に〝スペア〟として保持しようと腹を決め、社交性ある人間に姿を変えていった。そのイメージは、髪の色が明るく、耳や指に光るアクセサリーを身につけ、ブランド物のバッグやシューズを身につけた美意識高い女だ。《女子の垢抜けテクニック》を検索しては研究した。コスメを買い替え、シェーディングとハイライトを使って顔のメリハリ感をプラスした。流行のファッションをサイトで学び、アフィリエイトを踏んで購入した服が想像以上に似合っていたため自信がつき、そのまま勢いづいて都内の当日ＯＫの美容室に出かけ、カラーを入れた。帰りの電車内では自分が市民権を得たように思った。《ピアスの開け方》を検索し、さっそく皮膚科の予約を入れた。外見を積極的に変え、性格も外交的になっていった。講義で隣に座った人に筆記具を忘れたと言って話しかける姿勢を見せ、ゼミでコンパの誘いがあれば二つ返事で出かけ、着々とネットワークは構築されていった。

ところが、大学卒業と同時に、やはり皆も蜘蛛の子の如く散っていった。就活で自分自身の個性を殺し、髪も服も黒が基調となった。人間関係が刷新される節目に来ていた。喜美子は順当に一部上場企業の内定が決まり、研修後は正式に企画部の配属となった。総務が担当する雑多な業務の受け皿とはまるで違い、花形の出世コースだった。入社してから半年もすれば、同期は柄物のシャツやスーツで着飾っていた。ステージが変わっただけで、人間模様は大学のそれと大差ないように思えた。歓迎会から、普段の付き合い、そして打ち上げや送別会、なるべく多くの人間関係をストックしようと試みた。芋臭さを拭って再度変身すると、同性社員からは憧憬の目を向けられ、周囲の男性社員の視線からは、はっきりと「女の若さ」を求められた。と肌でわかっても、生まれ変われるのであればそれで構わなかった。ハラスメント防止の社内教育がある程度は抑止力として機能していたのかもしれないが、ある特定の人間と一定の時間行動を共にすると、相手は決まって「付き合ってる人いるんですかあ」と訊いてくる。そこで喜美子は毎回、思わせぶりな態度を取っては自らを守った。

仕事は忙しさを増し、周囲の同期たちも、プライベートを社内でひけらかす余裕を失っていった。数年経つと地方へ転勤となる者も出てきたが、喜美子は今日まで本社のお抱えだった。部署の空気は、ルッキズムに満ちていた。むろん、喜美子自身の努力・実力は否定されるべきものではないが、なお「美」への自己変革が、評価に結びついていた。三十代に入ると、大人の色気を欲しがられ、《キャリアウーマン》画像検索》で並ぶ強く逞しい女性像へと脱皮する必要に迫られた。そこには「性に対する寛容さ」も含まれており、喜美子は、〝女らしい〟ボディラインを閃《ひらめ》かせつつも、恋愛には困らぬ成熟した人格を振り回して相手を敢えて焦《じ》らした。

私の〝少女性〟はどこへ行ってしまったのだ。

家に帰ると「おかえり」の一言がある。帰る場所がある。待ってくれる人がいる。美結の透き通った声は「私がいなければだめだ」と、喜美子の庇護欲をくすぐった。彼女の敵はたくさんいる。私が守ってあげなければ。経済面で生活を保障するのは今でも十分可能だったが、悪質な関係性に対しては、実力行使で断ち切る必要も生じるかもしれない。幼心を忘れた「大人たち」は皆、〈少女〉の敵である。清純な者を穢《けが》し、湿っぽい世界へと引き込もうとする。同調圧力に少女は負けて、軽い気持ちであちら側への敷居を跨いでしまうのだ。あのト－横は、「大人」と〈少女〉との境界線だった。エゴに基づいた感情であるとは自分自身でも理解していたが、それを差し置いて男と大人の世界を嫌っていた。

しばらくすると喜美子は、自分がぐすぐす泣いているのを、安心して放っておくことができた。美結は、喜美子の小刻みに震える肩に軽く頬を当て、痙攣の間隔が少しずつ穏やかになっていく様を見ていた。

4　幻想〜美結〜

美結は、夕方くらいに、セミダブルのベッドからのっそり起きあがってリビングへ向かい、冷蔵庫にある清涼飲料水を飲む。昨晩の残りがあればつまむ。後ろを振り返れば、ほとんど使用しない中途半端に清潔なシステムキッチン、それを挟んで部屋全体を見渡せるホームパーティ向けのリビングがあり、巨大なガラス窓が撓《たわ》むことなく天井を支えている。先に見える建物群はサンドボックス型の名作のごとく緻密に配置されており、じっと見ていると気が遠くなりそうだった。プレイヤーは長い年月を掛けてブロックを敷き詰めてきたのだ。そして、そのうちの一つがこの喜美子宅であり、二人が住んでいるように、他のブロックにも人が住んでいる。どこまでが港区で、どこからが新宿区なのだろう。目視はできない。

美結の頭の中にある「新宿」は、もっともっと狭くて小さいものだった。が、いま、物理的な距離を無視した概念としての「新宿」は、ここにも流れ込んできている。厳然たる境界はない。自分は自由にこの街を泳いでいける、そんな自信が、美結にはあるようでなかった。十代、大人になる手前は、可能性に満ちていると周りは言う。それは本当なのだろうか。「可能性」の言葉が持つ無責任さよ。人生に満足していない類《たぐい》の人間が唱える皮肉に過ぎないのではないか。と疑う一方で、キリギリスのように、その日暮らしを繰り返していた。昨日と今日、明日は連続していない。あるのは今日だけ。

　昼間は、ドラマのワンシーンよろしく優雅な要素で構成されていた。喜美子が帰ってくるまでの間、自分が「新宿」の人間であることを忘れる。何を無理してトー横に赴く必要がある？　ここにいれば、生活には困らない。あのドロドロした界隈とは無関係な生活が目の前に存在している。

　出会って早々、美結が喜美子の住むマンションを訪れるペースは、一週間に一度から、五日、三日、二日、と短くなっていき、ついには、新宿に「帰る」のが面倒になり泊まるようになった。美結が自由に出入りしても、喜美子は苦にはならなかった。喜美子と顔を合わせない日はほとんどなかった。喜美子の帰りを待っていて、喜美子の顔を見ると安心する。喜美子のボストン型の眼鏡が外され、優しい表情が表れる。

ただいま。

おかえり。

短いやり取りで今日も無事生き抜いたと祝福し合う。美結は、喜美子を実の母のように、またあるときは、姉のように慕い始めていた。

守ってくれる人がいる——安心が眠気を誘う頃を見計らって、頻繁に過去の情景が脳裏に飛び込んできた。一番古い記憶は、幼稚園での大喧嘩——ある男子園児が「おまえの髪、ウンコみたいだよな」と馬鹿にしたのが発端だった。生まれつき色素が薄く、まるで染めたようなダークブラウンの髪は強い癖毛で、太い束が頭からぶら下がっていた。男子は美結を傷付けようと意図したわけではなく、むしろ美結に関心を向けられたかっただけだったのだが、侮辱されたと思った美結は激昂し、男子の髪を千切れるほど強く引っ張った。痛い！　痛い！　と叫ぶ男子の目に涙が滲む。先生がダーッと走ってきて、やめなさい！　と一喝する。血走った美結の目は、黄色い床を舐めまわし、工作をしていた子の付近に鋏を見つけると手は蛇のように動いた。刃に男子の髪を食い込ませる寸前、先生に頬を引っ叩かれた。乾いた音に遅れて、空を切る声が教室に響いた。記憶は断片的で、次に見たシーンは自室のベッドから仰いだ天井である。母親が激怒して幼稚園に乗り込み、担任に非難を浴びせ、すぐに転園する手続きをとったことを覚えている。母は、娘のために涙を流してくれたのだろうか。不幸を目の当たりにした自分自身に同情しただけだったのだろうか。母親は、いつも神経質だった。「社会」という他人からの評価の総称に怯えていた。娘のことを第一に考えているようで、絶対的に愛しているわけではなかった。英語やピアノ、水泳などの習い事を、さも娘がやりたいからやらせていると勘違いをしていた。美結が「やめたい」と言っても、将来きっと役に立つから、とその申し出を受け入れなかった。「社会」で生きていくための武器を持たせるつもりだった。父は、「社会」側の人間であり、母は、父からの評価にもやはり怯えていた。

「家庭」って何だろう。成人になるまでのサポートセンター？　父親が毎日朝早くから夜遅くまで働き詰めでやっと手にした数十万円が運営費に充てられる。二年前に妹ができた。予算オーバー。この手取りじゃ早々に破綻するのは目に見えていた。彼は何のために大学で経営学を修めたんだ？　と皮肉っても、自分自身が、家庭経営者である家族（両親）の経済的負担になっている事実が窮屈だった。次第に学校に行くのがつらくなり、どこかへ逃げようと画策した。太陽に向かって伸びる植物のような高層ビルが立ち並び、お洒落と便利さが全て揃うという幻想。愛知県の田舎から、メディアを通じてずっと東京に憧れていた。将来の方向はまだ決まっていなかったが、東京に出れば何かが変わる。まだ自分は幼虫であり、これから蛹《さなぎ》になって蝶になるまでなんとでも身の振り方を考えられる。実際はどうだ。地元と比較にならない速度で時間は過ぎる。ここに来てから何年も経った気がする。東京には何かがある、東京にさえ行けば、きっと、きっと――それは過度な期待であり、迎え入れてくれるスペースはなかった。精神的なスペース、心のゆとりがない。心と体が逆転している人ばかりだった。トー横に流れ着いても、むしろゆとりのなさは際立った。発光するネオンや街灯が明るく照らせば照らすほど、影に飲まれていくようだった。ペットボトルから漏れた液体が灰色のタイルを黒く染め、コンビニのペラペラな袋がカップ麺の残り汁をぴったり吸っていた。十代の子たちと話していると、みな、生を受けた意味なんて考えていないとわかる。風俗、パパ活、たちんぼ。生きる術であるそれ以外に、金を稼ぐには、どこかに勤めるか、自分で起業するかしかない。生まれてきたが最後、死ぬまで生きる。という当たり前なことを意識している人は、日本に一体何人いるだろう？　美結はなぜか、俯瞰して観察することができた。

「今日はほんっと疲れた。もう寝る、おやすみ」

「まだ十一時だよ。子どもじゃん」

「あのね」喜美子はフウとわざと大きく息を勢いよく吐き出し、「あなたもあと十年もすればこうなるんだよ」。そう少女に対して言ってしまった皮肉で、喜美子自身の心臓は抉られた。「いや、ごめん、そうならなくていい。仕事にくたびれてヘロヘロな女は私だけでいい」

「休んだらいいじゃん」

「休めるんならとっくに休んでるよお」喜美子は失笑した。自分が会社を棄てようものなら、課長が部長が役員が、「待って、そりゃ困るよ」と脂汗でぬらつく手でスーツの裾を掴んで、「給料ね、いくらだったらいいの、いくら払えば辞めないでくれるの」と懇願する。何がなんでも引き止めるべき価値を付与されていると信じ込んで、「幸せ」を諦める口実にしている——「幸せ」の意味について先哲が言語化しようと刻苦したのに、実はすでに知っている、自分は「幸せ」ではないと。

「あたしが代わりにやったげようか」「無理無理」「わかんないよ、案外できちゃうかもよ」「あんた、パソコン触ったことある?」「ない」「でしょ」

　喜美子は冷蔵庫を開けて酎ハイに手を伸ばす。ゼリーやチョコレート、惣菜がなくなっていることに喜びを感じる。

（ああ、もしや、これは「幸せ」の端っこに手を掛けているのかもしれない）

　もっと時間にゆとりがあれば、システムキッチンの前に立ち、美結の大好きなハンバーグを振る舞えるのに、と残念がる。せめて美味いものを食べさせてやろうと、フード配達サービスには自分のクレジットカードを結び付け、いつでも自由に注文できる状態にしてやった。キッチン下のゴミ箱に捨てられた白いビニール袋の結び目をわざわざ解き、中にある空の容器をチェックするのが一つの楽しみになっていた。

　二人の関係――歳の離れた姉妹的関係は、一人っ子の喜美子にとって憧れだった。どちらかが挫けたとき、損得を考える間もなく助けに行く関係の萌芽ではないか。しかし、喜美子が美結に対して抱く感情は、既存の言語でパッケージできるほど単純なものではなかった。チェックのミニスカートから伸びる瑞々しい脚、その剥き出しの細い脚を一瞥すると、胸の内に戸惑いが生じる。つややかな少女の髪の毛。彼女に宿る〈少女性〉が視覚を刺激する。この子は未だ「男」を知らないと信じ切りたい。

〈少女〉と〈処女〉。はて、処女である自分は〈少女〉か？　肌の弾力は失われ、髪のうねりも強くなってきているし、チーズのような皮脂の臭いも抑えが効かなくなってきているのに？

この子は、真面目な人生を歩んできた自分なんかよりも、よっぽど生命力に溢れている。その生命力を奪うのは、やはり「男」に汚染された大人の世界である、と喜美子は強く思った。大人の世界とは、「男たち」の世界だ。少女が「男」基準の価値となるとき、〈少女性〉は失われる。〈少女性〉への乾くほどの信奉は、「男」に対する嫌悪・反発心の表れだった。体の性と自認する性とが一致する女の中にも「男」は交ざっている。セクシュアリティに関係なく、「男性性」が〈少女性〉を破壊する。

彼女は、あの「新宿」で、大人の世界に染まらない純粋さを持っていた。そう喜美子は感じ、だから彼女に吸い寄せられていった。黒ずんだ不潔な誘いに生得的《せいとくてき》な免疫がある唯一の存在、〈少女性〉の最後の砦――彼女が「不幸」に陥れば、全ての〈少女〉がやがて捕食されることを意味する。だが私がいれば彼女は大丈夫だ、「不幸」になるわけがない。彼女を心から愛せれば、たぶんそれは、弱者救済のニヒリズム解体へもつながる。

【私がいなければ、この子は途方に暮れる、暮れてほしい】

何度も脳裏には「エゴ」の二文字が立ち現れたが、喜美子はエゴに巻かれなければもう満足に眠ることすらできない。

異変には気が付いていた。エラー信号が体のいたるところから発信されていた。このままでは、仕事中心の日々に終わりは来ない。ブラックホール。ゴールを定めなければ終わりがないのだ。いくらだって仕事に熱中できると勘違いしていた。仮にゴールがあるとすれば、それは、体が降伏したときに他ならないだろう。そこまでして頑張る理由を、他者の存在に結びつけたかった。解けないほどきつく美結の「幸福」に。

「肩凝ってる?」

「この後ろあたりがバキバキだよ。揉んでくれるの」

「うん」

少女の小さな手が筋肉をほぐしていく。誰かの手が自分の肌に触れるのを許すのは奇跡だ。三十で咲かせた高嶺の花も枯れてしまい、これからは「期限切れ」の女として酒の席で扱われるのだろう。それはそれで別種の不安感を煽《あお》った。資本的な価値が失われていく。仕事が与えられなくなったら、いよいよ自分の存在意義が消えてしまう。だが、少女の手は、自分が、男性中心主義・資本主義の外でも存在できると思わせてくれる。資本主義を体現した室内で、非物質的な領域を復活させてくれる。

もっと美結に近づきたかった。もっと。もっと。もっと。もっと。

いつか物質的に恵まれた刺激ある毎日にもすっかり順応し、乾いた笑顔を見せなくなり、浮き沈みのない単調な日々へと落ち着いてしまい、喜美子に対して向けていた眩《まばゆ》く潤った美結のまなざしが過去のものになるのを恐れた。その原因を先に突き止め、少女の全方向の自由さが失われるのを喜美子は食い止めたかった。喜美子は、現実と空想の境目をふらついていた。美結の欲しい物リストがなくなった後、自分は何を与えられるのだろうか。

かつての疲れ切った喜美子は、休日もベッドで横になっているのが大半で、動画サイトやSNS等、オンラインコンテンツの閲覧で時間を消費していた。そして偶然か必然か、おすすめに表示された一人の男性アイドルが、その後の喜美子の人生の一部となる。

アイドルたちがまぶしい光の中で、笑顔を、〈希望〉を振り撒くワンシーンが再生された。大人に毒される前の少年・少女たちが舞台に現れる。神秘に包まれた会場で、自分自身も〈少女〉に回帰するのだ。この破滅的な世界で、〈希望〉には、いつまでも〈希望〉でいてほしかった。「推し」は、対岸の存在……？　こちらがいくら好意を向けても、相手は「私」を認知しない。私の「推し」は、私を他の「私たち」から分離しない、私は評価されない。透明なまま「推し」を、ステージで舞う彼らを、いくら見つめていても、彼らと目が合うことはない。好きなものを好きなだけ見ていられる。いくらだって好きでいられる。「推し」に貢ぐ方法は、彼らのコンテンツに大枚叩いて人気を上げることだ。人気になればなるだけ、メディア露出は増え、コンテンツも増えていく。そして、彼らの「生活」も潤うのであれば素晴らしいではないか……とは言っても、彼らの「生活」とは実生活ではなく創造の産物で、それはただの空想に過ぎない。どんな私生活をしているのかまで夢を見させてほしい、というのは傲慢だろうか。本当のプライベートまでには干渉しないし、できないのは理解しているが、プライベートを見せないことも、アイドルの責務の一つなのではないか。網膜に象を結ぶのは一種のキャラクターである。それも、穢れなきキャラクター、そこに〈少年性〉を見る。

下腹部が疼《うず》くのを感じた。

隣で寝息を立てる〈少女〉を抱きしめたい。美結が「アイドル」のステージに立っていたら喜美子は間違いなく推していた。そんな「希望」の存在と双方向に触れ合える奇跡。ずっと近くにいてほしい。可愛い、可愛い、愛おしい。「私」が、彼女の「幸せ」になってほしい。これは恋愛感情――いや、彼女の体を直接求めているのではなかった。あくまでも彼女の〈少女性〉に対して、焦がれている。しかし彼女が、「男」だったら……？　やはり自分は、彼女が「女性」だから、ことさら〈少女〉だから惹かれている……？　精神的な融合を求めているのだろうか。喜美子にはわからなかった。喜美子の内に眠る〈少女性〉が共鳴しているのかもしれない。彼女に対する独占欲は肥大化している。神秘な存在である〈少女〉――美結を見ていたのではなく、美結を媒体に〈少女性〉を消費していただけだったのか？　ああ、うるさい、うるさい。今までになかった関係性に心奪われて何が悪い。１００パーセント、利他的な関係性などあるわけがないだろう、多少は自分のためになるからこそ、そこに引力が生じるのではないか。喜美子は開き直った。

ねえ、欲しいものない？　行きたいところは？　二人っきりで旅館に行くのはどうかしら？　〈鉄筋コンクリート造のマンションでは決して感じられない郷愁というものがある）天然の露天風呂、熱い湯に浸かりながら無限に散らばる星空をゆったり鑑賞するのはどうかしら？　料理もぜったい美味しいよ。地元の旬の食材、山海の幸を堪能しよう、心ゆくまで、贅沢に。それかテーマパークに行くのもいいんじゃないかな。あ、もちろんいいよ、お友達と行っても。全部払ってあげる、楽しんできな（ちょっぴり嫉妬はするけれど、友情関係なら構わない）。私といれば、衣食住には困らない。独身貴族はお金が有り余っているんだ。ぜんぜん気にしなくていい。あなたに使うために貯蓄をしてきたのだから。そうだ、誕プレ――誕生日いつ？　何が欲しい？　何かあるでしょう？　なんでもいいんだよ、みゆちゃんが好きなもの、何かないの？

【なんでもしてあげるから、どうか私を嫌わないで。ずっとそばにいて】

喜美子の執着・独占欲がつなぎ止める関係性の形は本来の願いとは乖離していく。金銭価値が基礎となった関係性をあれほど嫌がったのに、喜美子自身は、自己の資金力を美結にちらつかせては、美結の欲しいものを買い与えた。

清潔に保ってきた一年に数回のためのゲストルームは、美結の部屋になった。クローゼットには美結の服が揃い、ブランド物のバッグやシューズ（未開封）、コスメ、さらには、ぬいぐるみが増えていく。大半のものはネットで注文できる。現地で店員とやり取りをする煩わしさもない。想像と違えば、フリマにでも売ればいい。ネットショッピングでの購入金額など高が知れている。自分のアカウントを教えてやったら、美結は遠慮する素振りを見せたが、「いいんだよ、ほんとに欲しい物だったら、なんでも買ってあげる」と満面の笑みで言うと、前々から狙っていたものや、仲間内での流行のものを次々に購入していった。購入履歴を眺め、喜美子は、得も言われぬ満足感を得る。

5
深淵 ～美結～

新宿を歩く。靴裏には誰かが吐き捨てたチューイングガムがへばり付いている。どこからか流れてくるアイドルの無責任で安っぽい歌詞が耳障りだった。男、女。顔が平面に並んでいる。似非《えせ》の大人たち。本当の大人はどこだ。手本となるべき大人はどこにいる？

《最近、帰ってこないね》と、喜美子からＬＩＮＥが入っていた。これは喜美子自身が少女不在の理由を把握できない不安の表れ、つまり、嫌われ不安が先行したための心配に過ぎないと、美結にはもうわかっていた。どこか喜美子には自分の母親に似ているところがあった。もっとも母親は、喜美子のように「貴族」ではなかったが。関係性の最たる違いは、いうまでもなく血がつながっているかどうか、ということだった。喜美子とは血縁関係ではない。だから、自分のことがわからなくても、わかる努力をしてくれる、共感しようと一所懸命になってくれる、それだけで、嬉しいと思えるはずだった。だが、喜美子は喜美子自身のために少女を心配している。自分の領域から人が外れるのが怖くてたまらない。わからない存在から、不意打ち的に嫌悪されるのが怖いのだ。彼女の人生は、経験という過去を土台とした予測であり、そこでは過去と現在と未来とは完全に接続されている。一本の激流に揉まれている彼女に憐れみを覚える余裕を持つ義理など美結の十余年の人生にはない。

喜美子は美結を束縛した。

《ずっと家にいればいいじゃん。なんでもあるんだからさ》

《誰かと会ってるんだったらいいよ、連れてきなよ。私がいないときだったら自由に使っていいから》

一時は徹底して甘えてみせた。少女にとっての「甘え」とは、好意を引き留めたいという欲望、ではなかった。相手を試すための「防衛」である。本人は気が付いていないが、喜美子の思考回路とは裏表だった。我儘さえも包んでくれる、そんな寛大な人間が、己のささくれだった心を潤す。一つ一つ、関係性のベースとしてある条件を洗い出しては、敢えてその条件に乗っかり、上限まで振り切ってみせる。すると、もうその条件は達成され消失するか、あるいは相手が飽きて条件としての意義が消滅してしまうかのどちらかに落ち着く。そうやって美結は、恒常的な関係性を探し求めてきたが、いまだに見つかっていない。

《お返事ちょうだいね》

オンラインのサービス上には、いくらブロックしたって「愛」を表象する情景が投稿される。リアルも変わらない。公園では、桜が桃色の花を咲かせ、子孫の繁栄に励んでいた。リードにつながれた犬には無防備にさらされた生殖器がぶら下がっている。子どもが、ベンチに座っている母親のほうへと駆けていく。その胸に飛び込んで深く抱擁される様を見て美結は、不幸に引き摺り込んでやりたいと呪った。あの満面の笑みを潰してやりたかった。あの子が大人になって、喜美子のようにヒィヒィ言って、社会システムに嵌め込まれて身動きできない状態になってしまえばいい。

自分が「不幸」であるとか「幸福」であるとか、判断している物差しは非常にシンプルなもので、もうすでに自分に備わっているのだと美結は自覚した。三つ子の魂百まで。感覚・感情が先にあり、その言語表現が、「幸・不幸」に過ぎない。

面倒臭えなと美結は思った。ロボットになりたいと思った。単細胞生物でもいい。刺激と反応を繰り返すだけになりたいと思った。

《今どこにいるの？》

《みゆちゃんの誕生日には帰っておいでね》
《何か、つらいことでもあった？　話してごらんね。私にできること、なんでもしてあげるからね》
喜美子は「未熟な大人」だった。年齢は「大人」のくせに、相手の苦しみを完全に理解できると思い込んでいる。あなたの苦しみは、手に取るようにわかるわ、と言いたげな偽善者に心配などされたくないだろう。濁ったプラスチックのような言葉はいらない。ときに、ただ強く抱きしめられるほうが必要だ。少女は「大人」の社会と無関係な人生を歩みたかった。でももう片足を突っ込んでいる。突っ込んでしまったからには、「強さ」が正義だった。画面の向こう側にいる奴らの感情をコントロールできる「強さ」を発掘しようと必死になる。虚勢を張らなければ食い殺される。猛獣たちが「新宿」の街を練り歩いている。どうしても大人になるために「新宿」に戻ってしまう。戻らなくてはいけないという呪縛に囚われている。強く生きていかなければならない。死ぬなんて考えられない。大人たちの世界で自殺に追い込まれたら未練だらけだ、悔しすぎる、と美結は思った、かのように思えた。
思えた、とは、どういうことか。

少女は、誰かと長期間、一緒にいたことなど、これまで一度だってなかった。ある程度まで一緒にいると、相手の本音が透けて見えてきてしまう。端《はな》から期待などしなければいいとわかっていながらも、今度こそは持続するのではないかと信じてしまう。それが緩やかな磁力で互いに引き寄せられる感覚でも構わなかった。とにかく、この人といれば、心の平穏が保たれる、そんな確信が欲しかった。「強さ」を保つのは辛苦だ。誰かに頼りたくなるときもある。何をしてようが、帰ってきてくれればそれでいいよ、と無条件の信頼を提示されれば、美結は、喜美子のために自分が何ができるか真剣に考え始めることができた——などという思考回路も、どうやら自分の短い人生経験から生成された類のものではなかったのだ。ずっと以前から知っていたような気もするし、ついさっき知ったような気もする。美結は、ラウンジチェアの上で胡座《あぐら》をかき、腕を組んで、自分にある過去の記憶を疑った。この記憶は、本当に、自分特有のものなのだろうか？　そもそも、記憶・思考とは、言葉である。言葉は、生まれてから取り込んだ異物だ。異物はどこで生成された？　外部からインストールされたからこその異物。実はこの世はゲームで、人間ではない存在が作ったシミュレーションの中に生きているとしたら面白い。自分も、ゲームの構成要素にすぎない。たとえ相手に勝ってポイントとなっても、喜ぶのはプレーヤーだ、キャラクターではない。実際、その「何者」かが存在していようがいまいが、自分がこの世に放り込まれたという意味では、強制的に参戦させられたわけだ。親もそうだ。このシミュレーションをプレイしている張本人は誰だ？　この作り物の体にだって設計者がいる。こんな空っぽの体の中に新しい命が宿るわけがない。

6 焦燥～喜美子～

美結と心が通っていたはずだったが、どの段階から心が通ったと断定できるのか、「心が通う」とはどのような状態を指し示していたのか、意味が崩壊してしまい、喜美子には、もう誰とも、共感とか、共鳴とか、心の働きによって奇跡的に成り立っている事柄を共有できないのではないかという不安感が募ってきた。

条件ありきで相手に尽くす。それは、相手が生身の人間であり、互いに人生が交差すると疑わないためだ。そして相手が生身であるからこそ、自分自身も評価される。失敗すれば、相手は落胆する。

喜美子の内なる〈少女性〉が現実化し、目の前にある。自分が歳を重ねるごとに遠退いていく存在。蔑《さげす》みは「大人」である自分自身に対してであり、〈少女〉を羨ましく思った。相反する感情を飼い慣らすことは不可能だった。自分とは異なる人種である美結が持つ、密かな反発心は「大人」に対して抱かれていた。

推しの「卒業」はあまりに唐突だった。ネットの某掲示板やSNSで瞬く間に拡散したその写真には、ラブホテルから出てくる推しと女の姿が写っていた。真実がなんであれ、彼が「男」になったのは紛れもないことだった。アイドルにはもちろん「寿命」があり、いつまでも、現実と非現実の狭間《はざま》を行き来しているわけではない。いずれは、「肉」の世界に還っていく。世界の上澄みは蒸発し、彼らは息ができなくなる。全員ではないだろうが、大半は人生のスタンダードコースを辿る。恋愛禁止ルールから解かれ、誰かと付き合う。ファンのうちの一人か、あるいは、俳優になって共演した女優とくっ付く。結局、男と女の関係ができあがる。喜美子は、愕然とした。「〇〇ロス」よりもタチが悪い。そのゴシップを目にした日の夜は一睡もできず、翌日の業務にはあからさまに支障が出た。会議中の重役の発言が、蕎麦を啜る音に聞こえた。汚らわしい。想像が胃を掻き乱す。喜美子は離席し、腰を屈めながら足を引きずりトイレへ向かった。眼前には便器の丸い穴がある。底なしの暗闇だ。喜美子は延々と吐き続けた。

これを発端に、是正できない角度で人生のリズムに狂いが生じた。

「不幸だ」

どうして、こんなにも不幸なんだ⁉

究極、不幸の原因を出生時にまで遡れば、自分がこの世に生を受けたのは、生々しい行為があったからだ。その原因を神聖化しようものならば、喜美子はいくらでも人類をこき下ろせる自信があった。誰よりも深い闇を持つ自信があった。

昼間の電車内には、老夫婦、ベビーカー、母親、父親、野球少年、いろんな人々が乗っては降りて循環した。その様子を見ながら喜美子は、どこまで南に下っても、おおむね同じ光景を目にするのだろうなと思った。乗り込んでくるベビーカーに押し込められた赤子を見て（大変な時代に生まれてしまったね）と憐れむ。ハンドルを握る手の持ち主を辿ると、母親はスペースのある車両を選んで乗車する常識人であるし、ストッパーをする足の動作もしっとりと丁寧だった。我が子には優しいまなざしを注いでいる。にもかかわらずだ。こいつは、わざわざ旦那とセックスして子どもを作ったのだ。男の介入がなく、自然に懐胎したのであれば宗教的奇跡であり、祝福することもできたかもしれない。だが、男とまぐわう選択を、この時代にした目の前の女は、自らのエゴで、子どもを誕生させてしまった。別に結婚は構わない。当人の「幸せ」

に口を出すつもりはない。二人だけの世界で手をつなぎ肩を寄せ合う後ろ姿に、目からの殺意を浴びせることもあるが、自分を重ね合わせるなど不名誉であって、純粋に目の前から消えてほしいだけだ。男女関係を嫌悪する。

職場の人間は、旦那と結婚して「女」が認められたと安堵する。そこまででいいだろ、まだ存在しない命を巻き込むな。そんなに自分の人生をオススメできるのか？

「赤ちゃんが欲しい」というのが気持ち悪い。命を「欲しい」だと？　可愛いからか？　せっかくの身体能力を眠らせたまま死ぬのは怖いからか？　「女」として生まれたからにはもったいないか？　少子化社会の何が問題なのだろう？　可愛い。可愛いものを手に入れたい。そんな幼なげで醇正《じゅんせい》な欲望を根底にして、命が欲しい、とはどういうことだ？

「どうして、わたしを産んだの？」

「ええ？　何よ急に」

「ねえ、私が生まれた時、どんな気持ちだったの」

「そりゃ嬉しかったわ。言葉になんてできないくらい。母親になったらあなたにもわかるよ」

産前にはわかっていなかった理由を、産後になって獲得する。そう母は言った。喜美子は、いまいち釈然としないまま、母の瞳が微妙に振動するのを見ていた。

「景色が変わったわ。あなたが生まれてきてくれて、本当に良かった」

感動的とされる台詞と共に、喜美子の誕生日は祝福された。父は重たそうな一眼レフカメラを抱えシャッターを切る。蝋燭の炎が談話によって生じた空気のうねりで揺らめく。お手本のような家族像。しかし娘である喜美子は、どこか空虚に感じていた。その疑問が声に出たのが先の質問であった。世界が変わるのはあくまでも親となる人間の世界だ。そこに子の主体性は存在しない。

「社会」では口が裂けても言えないことを、喜美子は心の暗く深い部分に秘めていた。「女」が、そして「女」をつくる「男」が憎かった。母親たちはまるで「不幸は無関係なのよ」とでも言いたげな柔和な表情をしている。大震災が来ようが、感染症拡大で未曾有の状況になろうが、北で戦争が勃発しようが、産む奴は産む。「マタニティマーク」を付けた妊婦が目を糸にして微笑みながら優先席に座っている。「大変な時代に生まれてしまうんだね」。左前方の椅子には女子中学生が座り、本に噛みつくように読書している。スマホ時代にあっぱれなことだ。そんな人種は絶滅したかと思っていた。でもな、彼女に宿る〝少女性〟もまた、男によって奪われる。小さいランドセルを背負った男の子がトコトコと電車に乗ってくる。彼の〝少年性〟も、年齢を重ねていくと変容して女を誑《たら》し込むためのフェロモンになっていくのだろう――自分の考え方は救い用のないほど捻くれている。

パソコンを目の前にすると、途端に無意味さに首を絞められた。いくらキーボードを叩こうが、最終的に、自分は死ぬのだ。メメント・モリ、死を忘れるな。死を意識すると、どうせ死ぬのだから、この瞬間を大切にしよう／何をやってもおんなじだ、で分岐する。もはやそのうちの後者だった。この書類も経年劣化で消失するだろうし、この会社も遅くない将来には潰れるかもしれないし、極端に考えれば、太陽フレアで地球が黒焦げになってしまえば、何も残らない。宇宙の塵《ちり》と化す、文字どおり。なのに、みんな、頑張っている。どうして頑張れるのですか？　と訊いてみたい。守るべきものがあるから、とか、人がいるからとか、その人それぞれの生きる意味がある、生きる意味を見出しているのだ。その生きる意味になりそうだった美結は、昨晩もどこかへ行ってしまった。メメント・モリ、死を忘れるな。

画面上に浮かぶ文字の意味を意識的に捉えようとすると、いかに無意識のうちにエネルギーを消費しているかを知る。なんて高度で、なんて不確実な世界を歩んでいるのだろうか。《平素よりお世話になっております》とメールを打ち始めると、手元で、指が並んで交互に動き回っている。自分の手のひらを凝視した。皺が縦横無尽に走っている。生まれてからこのかた、この手と生を共にしてきたのだった。信じられなかった。画面が自動消灯して暗くなり、「私」の顔が現れた。縦に長い楕円が剥き出しになっている。黒髪は、画面のブラックとはトーンが異なり、浮かび上がってはいるものの、どうしてここにあるのか、考えれば考えるほど不思議で気味が悪く思えた。

他者を所有する――その不可能性を前に恐怖を感じる。いまごろ美結は何をしているのだろう、思いを馳せる。また孤独の中で呼吸をする。この遅効性《ちこうせい》の毒を美結が取り除いてくれるはずだったと、一方的に期待を寄せていた身勝手さに吐き気を催す。自己憎悪。カタカタカタカタカタ四方八方塞がれる。白っぽい壁、灰色のカーペット、黒い椅子。天井には蛍光灯が平行に並び奥まで続いている。光の下、社員たちは、デスクトップ型のパソコンと、固定電話が与えられ、ほとんどの時間を座って過ごす。いつになっても、暇な季節は来ない、延々と糸車を回しているみたいに、ずっとタスクという糸は伸び続ける。一つのタスクが終わっても次のタスクが現れて、ブヨブヨ伸びていってしまう。

《今日は、帰ってくるよね？　何時くらいになる？　わかったら教えてね》

親指だけの言葉に返事は来ず、就業中、何度もスマホを確認しても既読にすらならなかった。以前は遅くても半日以内には返信があったのが、ここ数週間は一日経っても来ないことがあり、心配で通話ボタンを押しても不通だったので、いよいよいても立ってても居られなくなり、歌舞伎町へと急いだ。B13の出口から地上へ這い出て、2番街、セントラルロードを1番街まで突っ切る。左右の建物の看板は、赤、青、黄、緑、原色が、ひどく街を安っぽくしている。真っ黒な空に、破壊行動を忘れた怪獣の頭が浮かび上がっている。駅の方面に向かう人、自分と同じく離れていく人、流れは拮抗している。この街のどこかにいると信じて探し回った。掛ける言葉を反芻した。

(あれ〜久しぶりじゃん！　いやいや、わざとらしすぎるか。探したんだよ!!　どこ行ってたの？　連絡してよ！　と、怒りをぶつけてみるか。……別に母親ではないからな、シンプルに涙すれば良いのだろうか)。わかってはいる、美結には美結の人生があるってことを。わたしとの関係をもっと大事にしてほしい、と嫉妬はするが、しつこいから嫌われるのは避けたい。「正義」が欲しい。

ト一横は相変わらず汚れていた。美結の姿はない。体はいつの間にか、あのバーの方向へ歩いていた。新宿の奥へ奥へと潜っていく。階段を下り、重たい扉を開けると、アイアン製のドアベルが鳴った。その音に振り向く少女はいなかった。喜美子はバーカウンターまで直進し、見知らぬ青年に「すみません、白石さんは」と尋ねた
「シライシサン……？　僕、新しく入ったんで知らないっす」と茶髪のバイトスタッフが冷ややかに答えた。
「じゃあ、この子は」喜美子はスマホの画面に写した少女をバイトの青年に突きつけたが「いや、知らないっすね」という返答だけだった。
喜美子は、カウンターに腰掛け、しばらく美結を待つことにした。美結が来る確信はないし、酒を楽しむ浮力もなかった。客たちは、アルコールに塗れている。好きで終電までわちゃわちゃしてるんじゃないんだ、迫る明日の足音に打ち勝つために励まし合っているんだ、と。いいや、本当は自傷行為とたいして変わらない。不健康になって仕事に敢えて支障を来す。自分も同じ気分なのかもしれない、と喜美子は思った。明日はもう隣にいる。軽めのカクテルを注文すると、青年はだらだらとボトルを探し、目当てのものを手に取り、びちゃびちゃとグラスに注いで大きくステアした。店内の

照度は以前より三倍ほど明るくなっており、それに応じるように客層は居酒屋で騒ぐ類に刷新されてしまっていた。いよいよここも「新宿」に侵食されたのだ。酸味の強いフードのにおいとタバコの臭い、そこに混じった人間の呼気が、イタリア製生地のスーツに浸み込んでいった。

時間は高い粘度で一向に進まない。出された酒は口に合わず、酔いにも頼れない。仕方なしに若者を真似てスマートフォンを取り出し、件の醜聞に対する反応を検索すると代弁者たちは怒りをあらわにしていた。なんて地獄だ。

《あのベビーフェイスの裏側に、本性が隠れていた》のゴシップ記事。《裏切られた!! 今まで貢いできた金ぜんぶ返してほしい。マジできもい》と、批判する者。《これ、違う人だよ!! りゅうくんがそんなことするはずない!!》《は!? 女が嵌めたんだろ、ふざけんな!! 無理やりやられたんだろ、ゴウカンじゃん!!》と、妄信する強者もいた。《これってまさか……今ごろ牢屋に入ってるんじゃ……?》と、タイムラインに流れてくる記事リンクを無心でタップする。《――●月XX日未明。10代の少女が死体遺棄の疑いで逮捕されました。妊娠4カ月から5カ月ほどとみられる赤ちゃんを自宅で流産したのち、かかりつけの婦人科クリニックを受診しようと考えましたが、この時期は休診しており、金銭的な余裕がなく、他の病院の受診をためらってしまい、かかりつけのクリニックが再開したら受診しようと考えたと述べ――腐敗を防ぐために、冷蔵庫に一時保管することにした、ということです。》

想像ができない僻地にある彼ら「若者」の行動規範は、喜美子を震え上がらせた。「私の少女」の顔が浮かぶ。「私の少女」に限って妊娠などあるはずがない……。

画面を視界の外へ追いやると、バーチェアの硬さが尻に伝わってきた。騒がしい。後方のラウンドテーブルは四卓全てを人が囲む。「新宿」にふさわしく生命力を誇示している連中は、実際には喜美子のほうが身長は高いが、遠目の彼らは巨大に見えた。

――と、入り口が開き、だぼつくパーカー姿の小柄な人物が姿を現した。段々に下がり、一番低いフロアのカウンターへ、席を三つ離してその〝少年〟は座った。店内を見回す振りをして少年の横顔を盗み見る。大きめのマスクと深く被った帽子が顔の輪郭を隠している。「新宿」に似合わない〈少年性〉を纏っている。直接造形を目にしなくてもオーラが体中から出て、彼が〈アイドル〉であると物語っている。誰かを待っているのだろうか。何かに怯え、縮こまり、注文したドリンクができあがっても、視線はサングラスを突き抜けてスマホに刺さったままだ。

――と、ふたたび、後方で入り口が開く音がした。フロアを踏む軽快なステップが、人物の容姿を想像させる。小さな足から伸びる細い脚、小振りな腰とくびれのない直線的な胴体、繊細な腕が分かれ、美しい鎖骨と首に、丸い頭が乗っている。喜美子は反射的に席を立ち、店の奥の化粧室へと身を潜めた。雑音とＢＧＭの狭間から、夏を思わせる溌剌とした少女の声が聞こえた。個室の鍵を閉める。隙間を分け入る客たちの声。そこに混じる〈少年・少女〉の会話は聞き取れずぼんやりしているが、ときおり、感情をぶつけ合っているのはわかった。冷や汗が出た。自らの行動が罪深いもののように感じた。美結を迎えに来たはずなのに、本心は全く別のところにあり、喜美子をこの個室に押し込めた。自分の〝目〟がないところでも〈少女〉は真に〝少女らしく〟いるよね？　その確信が欲しい。もはや美結を目標としているのではない。美結から滲む〈少女性〉を追いかけているのだ。あの声は、違うよね……もしみゆちゃんだったらどうしよう。あの男の子とどんな関係なんだろう――喜美子は寒気立った。少年であろうと、信用ならないのだ。じゃあ、今、彼らの後ろからヌッと出ていって、やあやあ、仲良しだねえ、と言ってみて、カレカノです、なんて言われてしまったら、それこそ立ち直れない。自ら少女の潔癖を証明したい欲望と、未知を未知のままに終え、私の「アイドル」として信じ切りたい気持ちとが拮抗していた。

足がすくみ、しばらく出られなかった。二十分は経っただろうか。橙の照明が壁のダマスクを浮かび上がらせる。自宅に再現すれば、ウォシュレットを椅子にして小一時間は籠ってしまうだろう——と、扉がノックされた。だいぶ長い間占領してしまっていた。水を流す儀式をしてから扉を引き、申し訳ない素振りで狭い間からそろりと抜け出した。

二人の姿はすでになかった。

「大丈夫ですか?」バーテンダーの青年が訊く。

「すいません……ちょっと冷えてしまって」見せかけの心配を適当にかわす。「あの、つかぬことを伺いますが、彼ら、どんな話をしていましたか」

「彼ら?」

「はい、男の子と女の子がいたでしょう」

「あー、はい、なんか、キョウダイっぽいすよ、生活費がやばいとか、父親からどうやって逃げようかとか、大変そうでしたねえ……あ、さっき見せてくれた写真の子じゃなかったっすよ、たぶん」

白石だったら、きっと、知らないふりをするところを、青年は、ベラベラと明かした。それで、ひとまずは安堵したのだった。

「どこでこの店知ったんだろ。変な疑いかけられるの、嫌なんすよねえ。つい最近も大久保病院の通りで売春、その娘、未成年だったんすよ、で、ホテルから出て別れたら男たちが出てきて、『未成年だぞ、ニイちゃん』って脅してカネふんだくるって話ですよ、恐ろしいですよねえ」

喜美子は、青年の台詞を素通りさせて残った酒をぐいっとあおり、上の空で勘定を済ませ外へ出た。

冬の夜だった。ノスタルジックな面持ちで、新宿の中心部へと歩き出す。二人に追いついていいものだろうか葛藤した。「新宿」に通ずるとは思えない暗く細い路地を歩いていく。次第に「新宿」が近づいてくるのが肌でわかる。歩道には頼りないガードレールと、ひょろりと背の高い木が等間隔で配置されている。交差点には、赤の電光が浮かんでおり、左右に人溜まりができている。チグハグな高さや色の建物は天に尖ったビル群に憧れを抱いている。明滅する喧《やかま》しいネオンの看板が増えてきて、それに群がるように、人の密度も高まってきた。料金の書かれた大きな看板が掲げられているラブホテルが至る所にある。自分には一生関係のない場所――どこもかしこも、男と女。性別のフィルターを通してしまう自分の偏向に嫌気がさす。丈の短いスカートから無防備に突き出る女の腿は、全くもって大人のものだった。底の厚いブーツがアスファルトを押すと、その反動が腿に伝わり筋肉が隆起する。その持ち主の隣には、パーマをかけた若い男が並んで歩いている。邪魔だ。ただただ邪魔だ。

向かいからは少女ライクな服を着るニセ「少女」。やはり暴力的な脚。汚い脚。わざわざ男を惑わすための性的な衣装――それはあまりに男性中心的な思考だろうか。男が、父親の遺伝子が、思考を乱している。長いウェーブのかかった髪を振り回して、夜の街を闊歩する女の後ろ姿は、母に似ていた。女としての記号は、自分の体に、視覚的情報として編み込まれているのだと思うと、吐き気がした。その吐き気を携えて、いよいよ新宿の中心地へと潜る。カラフルに煩《うるさ》い文字――焼肉、ラーメン、カラオケ、居酒屋、案内所、ＨＯＴＥＬ、カフェ、24時間――が散乱している。大人だ。大人しかいない。大人の街なんだ。人の多さに思わず、おおう、となる。この人たちは皆、平日の夜、スーツ姿の人間以外、いったいどこへ行くというのだ。美結は、どこで夜を越すのだろうかと想像する。そして、否定する。案外、実家に帰っているのかもしれない。そうだ、そうに違いない。あの日、〈少女〉を感じたのだ。この大人の街で、たった一人の〈少女〉を見つけたのだ。

ますます覚醒した蛇腹状の街が貪欲に膨れ上がっている。真正面に東宝ビルが強欲にそそり立ち、これを左に見ながら数十秒ほどで「トー横」と呼ばれる広場が右手に見えてくる。そこに美結がいるかもしれない——じっとりと首元から汗が滲んでくるのがわかった。黄色いジャケットを羽織ったパトロール隊の一人が、若者を前に厳しい表情で説教している。へいへい、と言って不貞腐れてその場を離れていく若者のなかに美結の姿はなかった。

7　錯乱 ～喜美子～

　タクシーの後部座席に凭れかかる。帰宅した玄関に小さな靴がペアとは思えない状態で転がっていたらどうしようか。胃のあたりが波打つ。半開きになった扉から明かりが漏れ出し廊下に色を落としている。喜美子は、自分の靴を脱ぐのも忘れて、三和土《たたき》でしばらく棒立ちになるだろう。そして、美結は告白する。そのとき、「私」は、どうするだろうか。

　美結は、さも家主であるかのように堂々とした佇まいで、ソファに胡座をかいて座っていた。最後に会ってから十四日後の月曜日だった。

「みゆちゃん……」

　全身が粟立ち、ざっと足から床に崩れるような衝撃だった。喜美子は、リビングの敷居を跨いだところで立ち往生し、美結を視界に収めるのに神経を束ねた。

「ミーちゃん、おかえり」

「おかえりって……どこに行ってたの？　またあの場所⁉　ねえ、なんでよ、何しに行ってるの？」

「だから友達に会ってるだけだって。っていうか、あたしが何しようがあたしの自由でしょ。誰と会ってるか、いちいち報告しなきゃならないわけ？」

「わたしはみゆちゃんを守るために」

「守るって、何から？」

　眉間がきりきり音を立てた。喜美子は瞼の裏を見つめ、一度深呼吸をして、固く結ばれた筋繊維を解いていってやる。はあ、ふう、怒りの感情に手綱をかける。わざわざ帰ってきてくれたのだ。キッチン脇に下がった紙製のカレンダーには、今日の日付が赤丸で何重にも囲われている。一年に一度の大事な日に、少女は帰ってきてくれた。それは事実だった。深呼吸、深呼吸。目尻と口角を透明な糸で結んで笑顔を作る。

「とにかく無事でよかった」

　次第に、美結の顔にも反省というか、申し訳なさが浮かんできた。

「ごめんね。心配してくれたんだよね」

「ううん、帰ってきてくれたんだもんね、お誕生日に」

「うん、帰ってきた」

目の前にいるのは紛れもない〈少女〉だ。喜美子は自分の願望を噛み締めた。深く信じている。そのはずだった。

喜美子は、重たいロングコートから腕を抜き、太った猫の首根っこを掴むように後ろ襟を握って、海外製の椅子の背もたれに放った。それからキッチンで洗った手で冷蔵庫を開けて白い箱を取り出した。ローテーブルに咲いた7号サイズの大きなケーキは、美結の期待以上のものである。チョコレートでコーティングされたスポンジ上に14の数字を模って苺が列を成している。

「お誕生日おめでとう！」

オニキスの瞳に円いホールが映っている。少女は破裂した水風船のように笑い、

「ちょっと！　待って！　あたし！　十五だよ！」と短く息継ぎをしながら言った。

「そうか、十五か！　ごめんごめん」

改めて数字の意味を考える。この子は、まだ自分の三分の一しかこの世界に生きていない。まだまだ汚れていない。「発病」する量の遅効性の毒を吸引してはいない。

これから美結と私は一年、一年、歳をとっていく。そしてその距離は、自分が死ぬと

きまで縮まらない。あと何年間、自分はこの少女と共にいることができるのだろう。少女は来年高校生になる。その時にもなお、〈少女性〉は保たれていなければならない。

もしも、と喜美子は一方的に仮定する。男を求めていないとすれば。高校生になっても、これからもっと大きくなっても、これから胸がさらに膨らんで、腰幅が広くなっても。それは自然の摂理であって、決して男を魅了するためのものではない。自分自身の「かわいい」は男のためにあるものではなく、ただ自分が自分らしくいるための表現行為に過ぎない。帰宅して、友人との楽しい一日を語ってくれる。キラキラした瞳、制服からのぞく長く細い脚も、ただ、私が「美しい」と思うだけにとどまる。「男」も、芸術作品を鑑賞するかのような視線を向けるだけだ。男が掴み取ることのできない尊い存在。高校三年生になれば、進学を考えるだろう。あたし、大学に進みたいの、と言うかもしれない。それはそれでいい。肉親ができないことを、私がやってあげる。近づく「男」からは私が守ってあげる。絶対に手を出させない。

あるいは、私、アイドルになりたい、なんて言ったらどうしよう。アイドル？　うん。彼女は絶対に、ファンを裏切らない逸材だろう。男性ファンも、彼女のことを性的対象には見られない。それほどまでに〈少女性〉は染み込んでおり、さらに、女神のような神聖さに護られている。性の対象にすることさえおこがましいと感じさせるほどの無敵さがある。グループの女の子と、仲良くやる姿を愛でる、なんて素晴らしい！

しかし現実は甘くはなく、〈少女性〉の抜け殻は、L字型の先端で胡座をかきながらケーキを頬張り、口の端からボロボロ零れる菓子のカケラは、ペルシャ絨毯の繊維の間に入り込む。その様子は喜美子を挑発したが、目を合わそうとしない「少女」は、明らかに異変を抱えていて、心臓の手前に持った右手のフォークが照明を反射するその一点を呆然と見つめていた。左手は腹をしきりに摩っている。

「痛いの？」

「うん、まあ、ちょっと」

「薬あるけど飲む？」

「あー大丈夫、ありがと」

言葉を介さない以心伝心の関係なんてものは、もはや俗世の反対側にあるのだから、待ち惚けるなど阿呆らしい。理性は言葉だ。なんとか話をつながなければ。と喜美子は焦った。テレビのチャンネルを回す。くだらないバラエティ番組の津波。トレンドの芸能人がだらだらくっちゃべっている。下品な笑い声に辟易するものの、静寂を呼ぶ余裕はなかった。喜美子の背中には虚脱感が負ぶさっていて、沈黙に過剰反応しては重量を増していく。またチャンネルを回す。

ニュースが矢継ぎ早に展開していく。報道のニーズはいったいどこにあるというのか。十数秒の尺は加害者・被害者の心情を想うには短すぎるし、一会社員にとっては無関係な物語に過ぎなかった。殺人事件も、国際テロも戦争も、五万とある世の事件の中からテレビ局の判断基準でピックアップされたものであり、トレンドはすぐに廃《すた》れる。

女性キャスターにカメラが切り替わる。

《——●月XX日午前XX。東京都新宿区歌舞伎町●丁目の「▲▲ホテル」敷地内で「二人が飛び降りをした」と119番通報があり、警察は、現場に倒れている男女の死亡を確認しました。二人は、十八歳の男子専門学校生と十六歳の女子高校生と見て捜査しています。》

ひやりとした。

「……うわ。みゆちゃんとあんま変わんない年。しかも新宿だ。そんなに毎日行かなきゃいけないの？　ずっとここいれば安全なのに。誰か呼んだっていいいんだから」

「いちいち許可とるのめんどい」

「許可？」

「『明日、なになにくんを何時くらいに呼んでもいい？』『うーん、いいけど、その男の子は、どんな子？　同い年くらい？』『学校行ってたときのクラスメイト』『いいよ、いいんだけど、何するの？』『何って、そうだなあ、なんだろなあ』と、皮肉を口腔内にひたひたにして美結は演じてみせた。

人生は、交差しなかった。一方が他方の人生を変えることも、取り込むこともできなかった。喜美子は、ケーキの乗った小皿を手にテレビの正面に腰掛けた。特集が始まった。

《――家を出たきっかけはなんだったんですか？
――親の暴力でした。小学生の頃から父親から暴力を受けて、それで警察に助けを求めて、一時的にはシェルターに入れたんですが、『お父さん、反省してるし、二度

と暴力は振るわないって言ってるよ』って、家に戻されてしまったんです。それで、SNSで助けを求めて》

「……ずっと気になってたんだけどさ。出会う前さ、どうやって生活してたの？」

「え、普通に」

「普通って？　帰ってたの？　この特集みたいに男の人の家を転々としてたなんて言わないよね？」

美結は、無言だった。

「やっぱり、そうなんだね。うん、わかってるよ、生きてくために頑張ってきたんだよね。でも、悪い大人たちに騙されてたんだよね。強がらなくていいんだよ、みゆちゃん。ね？　今まで大変だったよね。もっともっと依存していいんだよ、だってお金はあるんだ。住む場所だって。私がいるんだから。近寄ってくる変態なんて、私がぶっ飛ばす。守ってあげるから、ね」

自宅のここをシェルターにして、物理的に美結を「悪い大人」から遠ざけ、〈少女〉の安全を確保する――そう目論見を立てると、喜美子は生臭い罪悪感を覚えた。

ニュースキャスターの顔面に通った糸が切れて忽ち表情が変わり、スポーツに関する報道が始まれば、先の事件は記憶の外に締め出される。どのチームが何点差で勝った。どの選手が活躍した、どこの国の誰それが新記録を樹立した、注目の若手選手が、四回転ジャンプを成功させ逆転した、初出場の誰々が初戦敗退した。エンタメコーナーでは、さも先ほど聞いたかのようにパンパンに膨らませた笑顔で、芸能人の熱愛、結婚を報道するが、声は空回りしているのがわかる。

「結婚したいって思ったことある？」

と、美結が訊く。

「ない、と言ったら嘘になるかな」

「なんでしなかったの」

「それ、残酷な質問すぎない？　しなかった、というか、まあ、もうこんな歳だし、いまさらね。すごく忙しかったし、もともと『恋愛』もよくわからなかったし。なんかね、いちゃついてるの見るのがダメなの。恋愛と結婚が連続してなかったらしていたのかもねえ、生きていくバディ的な関係だったら素敵だろうなあ」

一般男性と結婚し休職していた同局の女子アナの代打の脚が微かに震えてスタジオ

に刺さっている。《森アナ、ご出産おめでとうございます!!》と、本音とは全く逆の気持ちを上半身のオーバーリアクションで表現しようとする。

喜美子は、テレビ画面から漏れ出す耳障りな公式テーマソングを顔の右半分で受け、滑稽な寸劇を憐れみながら、美結のやはり美しい横顔を眺め、ずっと腹の上で円を描いている美結の左手に、視線は巻き込まれていく。喜美子の視線は美結の下腹部に固定され、美結はその青白い視線を下から舐めるようにして言った。

「赤ちゃんは?」

「……え?」

「ううん、ただ訊いてみただけ」

「なんて」

「だから、赤ちゃん、欲しいと思ったことある? って」

その「大人」の言葉が、〝少女〟の口から発せられたことに喜美子は慄然とした。

冷静を装うも口腔内が乾き舌が上顎に引っかかってしまう。「な、ない。ないよ。あるわけない。なんでそんなこと訊くの」

「いや、別に」

「別に、じゃないでしょ」

「今まで一度もなかったの？」

「ないよ!!　欲しいなんて……そんなこと……そんなこと……私の自由な意思で願ったことなど一度だってないよ」

よく見れば、美結の身体は、出会った頃よりだいぶ成長しているように見えた。

「――やだ、やだ、やめてよ、嘘でしょ」

美結は、両手で下腹部を労わるような仕草を見せた。

「堕ろさなきゃ」

今度は美結が耳を疑った。

「マジで言ってる？　無理だよ、だって……」

「命なんだから、とか言わないでよ、カラダの一部でしょ、出来物でしょ、そんなの、早く、大きくなる前に切除しなきゃ」喜美子は澱みなく言う。

「ねえ、ミーちゃんはさ、あたしを心配してくれてるんだよね」

「そうだよ、本当に心配なんだよ、私、みゆちゃんが心配で仕方ないんだよ、大好きだから。親子じゃないけど、特別な関係だって。私、みゆちゃんが大切だから、傷ついてほしくないんだよ」

「なのに、カラダの一部を切り取れって言うんだ?」

「話、逸らさないで」

「逸らしてない」

「やだよ、本当になっちゃうよ、ニンゲンに。早くしないと、堕ろせなくなるよ」

「してない。妊娠してないって」

「嘘……だって、そういうことでしょ、わざわざ訊くことじゃないじゃない、冗談でも。本当なんだね……そっか、あの男だ、アイドルの……嘘だよね、みゆちゃんが、よりによってみゆちゃんが……なんで……あなたの意思、じゃないよね。ねえ、誰なの、相手は、名前は。みゆちゃん、騙されてるんだよ。何、何がそんなにあなたを追い詰めたの。あなたには、お金もある。住むところだってある。なのに、何が足りないの。どうしてそんな人についていっちゃうの。そんな男たちに。何を困ってるの。何を脅されているの」

「別に困ってもないし、脅されてもない」

「おかしいって。産みたい、育てたいって、サディスティックすぎる。不幸すぎるよ」

陣痛の苦しみが、その子の人生の苦しみに匹敵するとでも？　自分も両親の行為によって産まれてきたのだ。セックス、男女の結合。その結果。

「なのに、あたしの誕生日は祝ってくれるのね」

その言葉で喜美子は、この子も、両親の行為によって産まれてきた事実を認めた。処女懐胎、あるいはコウノトリに運ばれてきた聖なる子ではなかったのか。私たちは、この世界は生きることそれ自体が苦であると、分かち合った仲ではなかったのか？

「とにかく、堕ろしなさい、あり得ない」

「最悪」

美結は立ち上がり、黒のリュックサックを攫《さら》って玄関へと駆け出す。その腕を喜美子は掴む。

「無理矢理されたんだよね？　それなら……それなら、みゆちゃんは悪くないよ。悪いのはその男だよ。許さない、絶対に許さない、美結を……美結を、こんな……」

美結は腕を振り払って、スニーカーにつま先を突っ込み、そのまま踵を犠牲にして前に駆け出す。

「お金は出してあげるから!!」

「別に金なんていらないし」

「じゃあ、何して欲しいの？　わたし、どうしたら助けてあげられるの」

「助けてなんて一言も言ってない!!　みんな同じだ、大人なんかみんな死ね!!」

扉は外から蹴飛ばされ、大きな音と共に閉まった。靴底が廊下を擦る音が短い間隔で響き、やがて消えた。

物理的には満たされた高層マンションの一室は、救いようもなくしめやかだった。実際は見たことがないのに、開けっぱなしの冷蔵庫に並んだ肉の塊が、嬰児の死体の幻覚を連れてきた。

喜美子は再びソファに戻り、しばらく垂れ流しになったテレビの電磁波を前にして呆然としていた。熱に冒された感情は、日を跨ぐ前に抜け、ルーティンへの入り口は予想よりも早く訪れる兆しを見せたが、一つに限定できない複合したうざったい感情が引き留め、あの「推し」の報道があってから放置していた一室へ向かわせた。隔てるドアを開けると、こんもりと黴臭い空気の塊が、どっと剥き出しの顔に被さった。壁一面の「推し」の顔。廊下から侵入する明りが朧《おぼろ》に照らしたその顔を囲む四隅に、喜美子は指を掛けて一気に斜めに引き剥がした。一枚、二枚、三枚、四枚、五枚、六枚、カウントをやめ、両手で破り捨てた。掻き分けて、掻き分けて、白い壁が見えても、クロスに爪を突き立てて、何度も、何度も、引っ掻いた。マニキュアの紅が壁に移り真顔が戻った。キッチンから半透明の袋を引っ張り出してきて、本棚の雑誌や写真集、チェキ、卓上カレンダー、ラックの円盤やアクリルスタンド、うちわ、コラボグッズを鷲掴みにし、中にぶち込んだ。要る、要らない、の選別もせず、目に付いたものからどんどん捨てていく。「推し」の裏切りに対して向き合えたのは、全てが夢オチのように、希望的観測がシャットダウンされた呆気《あっけ》なさというか、馬鹿馬鹿しさが、巨大な不信感を肯定したからだった。もうどこにも〝少年・少女〟はいない。

膨らんだ袋から透ける「男」の生首を玄関に放ると、新鮮な苛立ちが詰めかけて心臓が唸った。リビングの空間には、自分は当然に独りで、広い空間に置かれた家具と同様に不安定に存在していた。芸術的な「余白の美」はない。この余白は生きる上では無力だ。余白が大きければ、ゆとりある優雅な生活を体現しているというのは吹き込まれた神話だ。この「ゆとり」とは何に比してのギャップなのかといえば、狭い空間で生活する「貧しき庶民」とのギャップだった。だからどうした、心は平穏さを渇望している。何に満足しているのか。カタカナブランドのソファに尻が沈み込む。掃除ロボットではどうにもならない細かい埃が舞い、喜美子はくしゃみをした。自分が情けなく思えた。テレビを消す。黒い無音の空間が四角く繰り抜かれて虚無を映す。窓際の観葉植物の可愛らしかった外形は数ヶ月で崩れたまま放置されていた。

時間の大半を会社に捧げ、その高額な対価を得る。それを物体化させ、自分がいかに粉骨砕身しているか、高級マンションと高級な家具を通して肯定している。ただそれだけであり、変わらぬ忙しさで疲れ切った身体を癒やしてくれるわけでもない。美結がいなくなった今、この空間を自分のためだけに維持していくのは、至極、滑稽だった。家賃分だけで十分な生活はできるに違いなかった。美結の享受する快適さゆえに、この場所は一時的に意義を持ったが、調和していたはずの家具たちが、途端に無関係さを装い、喜美子は物に囲まれる孤独に殴られた。いくら上質のものを整えても孤独だった。これまで孤独を麻痺させていたのが優越感だったのかも怪しかった。

《お風呂が沸きました》と呼ばれ、我に返った喜美子は浴室へと向かった。シャツのボタンに手をかけると、自分の胸の質量を意識的に感じた。動物的な特徴が、「男性」に対置された「女」として、社会において認識される一つのファクターとなっていた。

頂に丸い突起のある二つの錐体《すいたい》の間から肉は横に線を走らせ、黒い窪みが覗き、緩やかな丘状は恥毛が生え揃い、円柱の肉が平らな「足」につながって、体を支えている。「足」の形が実に歪で、「足」は、「ああ、足だなあ」という形でしかなかった。鏡の自分は、「男たち」のまなざしで形成された社会に裏打ちされた、相変わらず艶やかな姿容を持つ、〈少女〉とは正反対の「大人の女性」であった。この肉付きが良い体を通さずして、形のない「自分」を労ることはできないとはわかっていた。だから毎日、Ａクラスのバスソルトを投入して湯船に浸かっていたのだ。この住まいも、この体を褒めるための仕かけであるはずだった。ところが、熱い湯の中で目をつぶると、「自分」と、熱い湯と、硬い浴槽と、光しか存在せず、時間と共に、「自分」以外のモノは意識から抜け出していって、ついに霊魂は決して性別を認識させず、ただ、そこに浮遊していた。

これから一つひとつ「リセット」していこう。脳内会議の審議が始まった。ジェンダー概念そのものを一瞬にして無に葬ればいいのだが、四十余年積み上がってきた価値観を削除するには、まだまだ長い時間が必要そうだった。長期プラン。

茹で上がった頭蓋の中身は、明日の変革を夢想していた。

喜美子が登場すると、職場は騒然とした。旦那と別れた？　とんでもないミスをした？　ひそひそ声には怯まず、自席に向かって引かれたレッドカーペットを堂々と歩いた。小声で憶測が飛び交うのを喜美子は少し心地よく感じた。

「はい、なんでしょう」

「なんでしょう、じゃないだろ」上司が喜美子の頭に黒目を引っつけるくらい詰め寄る様を見て、滑稽に思った。

「何があったの」

「切っただけですが、自分で」

鋏を入れて、邪魔だと感じた長い髪をバッサリと断ち切った後、ジャキジャキとさらに短くしていった。半透明の袋に透過する黒い物体は、やはり物体だった。「推し」だった存在と共にゴミと化した物体だ。今朝方、パッカー車に潰された物体。坊主に近いベリーショートは、美容室に行かなくても手探りで十分だった。散髪後の爽快感をいたく気に入った。

「駄目ですか」

「駄目っていうか……大事なお客さんが来るんだ、それは、まずいでしょ」

「そうですかね。私は、この髪型、超気に入ってるので、やる気もアップです」

「重鎮だぞ」

「だからなんですか」

「ちょっと来い」

喜美子は、フロアの端にある上司のデスクまで急かされ、壁際に立たされた。上司は自分の頭を喜美子の目線より低い位置からヌッと伸ばし、口の横に右手をかざして耳打ちをする。

「分かるだろう。あの御方の〃お気に入り〃なんだよ、君は。なのに、女の命を切り落とされちゃあ、たまらんなあ」

喜美子は呆れ返った。

この企業に長く勤めてきたが、このまま続けていても、何一つとして変化は望めないと思った。さらに大きなプロジェクトを任せられても、女、女、女。女としての価値を提供しなければならない。しかも社会は執拗に、プライベートまで監視している。合コンやら趣味のオフ会やらで知り合った男と付き合って、別れて、また別の男と出会って、同棲して、世間体を気にするあまり、なんとなくプロポーズを受け入れて、結婚して、あたらしい命を授かって、産休に入って、夫を見送って、部屋の掃除をして、夕飯の準備をして、夫の帰りを待って、「今日はどんな一日だった？」と興味があるような態度をとって、食事をしながらぼんやりと明日のことを考えて、子どもを寝かしつけて、夫の寝息に嫌悪感を覚える自分の余裕のなさに落胆しながら目を瞑る――そんな〝見えちゃってる〟人生の何が楽しいと言うのだ。「社会」から逃れようとする人間は迫害され、嘲笑されるってか？

「事前に相談してくれよ。どうすんだ。今すぐウィッグでも買ってくるか？　……そのオトコみたいな髪型を、お得意さまが気に入ってくれるか賭けるか？」

「長い髪の私はもういないので、他の人に担当変えるしかないんじゃないですか」

「そういう問題じゃないんだ。俺のこと舐めてるのか」

「げえ、舐めたくもないですね」

「おまえ……俺がクビって言ったら、クビなんだぞ？　これからどうすんだ？　え？　女一人で、何ができる？　この歳になって、結婚してない、子どももいない、そりゃそうだ、捻《ひね》くれた性格なんだからな。納得納得」

「おまえみたいな、クソジジイが、少女を殺すんだよ」

「な」

「もう辞めます、この会社。明日から来ないんで。残りの期間、有給にしといてください」

そう言って、喜美子は禿げ散らかした部長の横を颯爽と抜けて、荷物をまとめて立ち上がり、職場から出た。追いかけなくていいんですか、と同僚が慌てふためく声がしたが、エレベータまで後ろを振りかえず歩いた。手の甲で口紅を拭うと、まるで血反吐のようにくすんだ朱色が真っ直ぐ一文字を描いた。

じゃあね、オイディプス。

1

「ファンはあんたじゃなくて、あんたを通して、見えないものを見てんの」

「なんだよそれ、見えないもんって」

「理想だよ、理想。存在しないもの。いろんな願望をぎゅって集めたもの。いつかそっちの世界に行けるって思ってるんだよ、重たさを感じてる世界が嘘で、向こうが本物だって。あんたは、なんというか、〝借りもの〟なんだって、実体なんてないんだから、別にいいじゃん、自分のやりたいようにやればいいんだよ」

「……でも、プライベートなんて、あってないようなもんだし」

「じゃあ、アイドルなんてやめればいいよ」

〈ぼく〉は言葉に詰まった。そう、そのとおり、苦しいなら辞めてしまえばいいのに。でも「そんな簡単なことじゃない、色々けじめをつけなきゃならない」。

「ずっとやってくの？　結婚してもアイドル宣言する気？」

「まさか」

「でしょ？　じゃ、やめちゃえばいいよ」

辞めた後の人生を考える。今よりも更につらくなる可能性を考えて比較検討している。世間体に手足を縛り付けられている。

〈ぼく〉は開きかけた口を閉じて手元のコップに視線を戻した。氷の大半が溶け、グラスには水滴が縞模様を描いている。マスターが、サービスと言って、〈ぼく〉と〈彼女〉の間に、サラミとチーズが乗った大きな平皿を置いた。〈彼女〉は、嬉々としてフォークを伸ばしてサラミに突き刺し、口にそれを運んだ。〈ぼく〉も真似て円い肉のスライスにフォークを突き刺し、口の奥へと押し込んだ。〈彼女〉は必死な〈ぼく〉を見て笑った。和やかな雰囲気《ムード》だった。

「辞めさせてあげよっか」

「え？」

「だから、アイドル辞めたいんでしょ？　辞めさせてあげようかって言ってんの」

「そんなのできるわけないでしょ」

「できる、できないじゃなくて、辞めたいの？　辞めたくないの？」

〈彼女〉には、本音を見抜く力がある。孤独な〈ぼく〉の味方になろうと接近する。

〈ぼく〉の表情は素直に、辞めたい、と訴えていた。それを見て〈彼女〉は、「引っかかってることとあるん？」と続けた。「アイドルだから、我慢してること、あるんじゃないの？」

〈彼女〉の助け舟に乗る。〈彼女〉は〈ぼく〉の「カミングアウト」を受け止める準備をとっくに終えていた。いや、カミングアウトにすらならないかもしれなかった。

ふうん、そうなんだ、と気怠《けだる》そうな吐息で答えてくれる、期待と希望があったから
〈ぼく〉は話した。

「この人、知ってる？」

上着の内ポケットからスマートフォンを取り出して見せた画面の中の人物は、〝男〟には見えない容姿を持っていた。〈彼〉は、芸能事務所主催のモデルオーディションで準グランプリを受賞した。インタビューでは「男らしいって何なんでしょうねぇ」と、挑発的に笑った。出場には明確な意図があった。初めて見た衝撃。その美しさが永遠でありますようにと願わずにはいられなかった。

「はあん、なるほど。この子に憧れてるんだ」

無言で頷く。

「いいじゃん、あんたなら十分可愛くなれると思うけど」

その言葉は素直に〈ぼく〉を喜ばせた。頬が溶けてしまう。

〈彼女〉が鞄に手を突っ込む。母のドレッサーで見たことのある輝きを引っ張った。

「ほら、動かないで」

温かくも冷たくもない固形物が唇の上を弧状《こじょう》に滑る。

「こう、んま、ってやんの」

〈彼女〉の真似をして上と下の唇を密着させ、少し粘り気のある物質を押し広げていく。

「いいね。似合ってる」

目の前に突き出された鏡の中の自分を見て、仄《ほの》かに頬が赤らんだ。

「どう」

「……いい」

「見てよ、超かわいくない？」

マスターがこちらを振り向いて目を丸くした。そして唸った。

「ね、教えてあげよっか」

「え、でも」

「でも、じゃないの、いいから」

そう言って〈彼女〉は、〈ぼく〉の顔に色々なものを塗り重ねていった。きっと、女の子だったら、母親のもとに行われる通過儀礼なんだろうなと思い、切なくなった。

目を閉じる。〈ぼく〉は、皆の言うように、確かに顔はキレイだった。だが、この画面の中で笑う〈彼〉とは別の部類の顔だった。ふとした瞬間、たとえば、進行方向を変えるために体を反転させた時、この体の中に、父親の骨格が入っていると実感することがある。視界の端がとらえたぼんやりとした像が、コンマ数秒遅れて自分の魂に付いて来る。それを感じるとき、やっぱり〈ぼく〉には、父親の血が流れているんだなと惨めになる。X事務所のタレントみたいに中性的で、どちらかといえば、〝女性的〟な顔を持つ人間が羨ましかった。母親の遺伝が父親の穢れを拭ってくれたわずかな部分にだけ、〈ぼく〉は、弱さを許してもらえる。

パウダーが鼻腔に入りくしゃみをした。目を開けると、周りには、十人規模のギャラリーができていた。〈彼女〉は愛おしそうに笑った。そこには「ナナフシ」と「スパンコール」の姿も見えた。可愛い可愛いと、四方から歓声が上がる。アイドルとしてステージに立ったときとは違う歓びが身を包んだ。キミ、ほんっとに似合ってる、うち来たらイチバンになれるって。スパンコールの顔が、ずいっと割り込んできて、〈彼女〉の小柄な姿を隠した。遠くからも首が伸びてきて、熱狂に呑まれていった。こんな数分足らずのうちに、人生は大きく転換した。スマホのレンズが何度も光り、この記念日を撮影している。

レッスン後は、決まってこのバーに顔を出し、そこで待ち合わせなくても〈彼女〉とは互いに磁力が働くかのように行き合った。〈彼女〉はいつもバーカウンターの一番奥の席に座り、甘ったるそうなものを飲んでいた。〈ぼく〉は席を一つ空け隣に座り、マスターの力を借りながら〈彼女〉と喋った。

店の常連になった頃には、マスクやサングラスなしでは街中を歩けないほど〈ぼく〉は有名になっていた。企業商品にグループが起用され、街頭広告の自分に見つめられるのは気味が悪い経験だった。世間の人間は、ますます〈ぼくら〉を理想の彼氏に見立て認知していく。新しいアイドルと喧伝し、雑誌の特集が組まれる。さも自分たちも擬似的恋愛を楽しんでいるかのような風体に仕上がっていく。自己像が歪められていく。〈ぼく〉は、次第にアイドルの自分と、ほんとうの自分との間の距離が開いていくのを感じていた。

はい今日はここまで。解放されると〈ぼく〉は自主練をすると言って一人スタジオに残った。皆が最寄り駅の改札をくぐる頃合いを見計って、アイドルらしからぬ野暮ったい服に着替えて、マスク、サングラス、帽子で顔を隠し、タクシーを待って新宿へ向かう。バーまでは十分弱。大した金額ではない。

いらっしゃい。マスターの柔らかな声にほっとする。

店内を見渡す。まだいない。カウンター席に腰掛け、気分を伝えると、ぴったりのドリンクが出てくる。ちびちびと喉を濡らしながら〈彼女〉があの扉の向こうから現れるのを期待し、待つ。〈ぼく〉は日に日に綺麗になっていく自分の姿を見せたかった。〈彼女〉に認めてほしかった。

「ナナフシ」や「スパンコール」を通じて、多様な人とのつながりができ、それらのコネクションを行き来していると、アイドルである事実が些細なことに思えてくる。

大事な指標の一つは「可愛さ」だった。〈ぼく〉はただ、「可愛い」と言われたかっただけだった。ファンから「格好良い」「セクシー」だと思われたくない。「可愛さ」と敵対するそれらの概念を抹消《デリート》したかった。

「可愛さ」を独占するのは〝女性〟であるとの思い込みが妬みとして表れていた。可愛いものが街には溢れている。可愛い服、靴、可愛いキャラ、グッズ、可愛いスイーツ、そして、女性特有の「可愛さ」、生得的な「可愛さ」。同じ髪型でも、男の〈ぼく〉の髪の毛は、太く硬く、頭も女性より大きい分、アンバランスに見えてしまう。女性の、特に若い女性の、小さな頭に流れるショートヘアに憧れていた。あるいはまっすぐに伸びる黒髪ロング。不条理だ。駅のホームで帰宅する紺色の学生服ブレザーを装う女子学生の集団を見て、敵わない、と思った。彼女たちには、アピールしていなくても、自分で自分を可愛いと無意識に自覚している無敵さがあった。恥ずかしくなり、ゆとりのある服装で筋肉質の体を隠す。新宿で「かわいい」と言われるのは救いだが、現実の舞台では「かっこいい」と言われる。自分に対する評価が捻れている。「可愛くなりたい＝女の子になりたい」と疑いもしなかった。しかし、〈彼女〉と会話を重ねるうちに、少しずつ「可愛さ」を独占しているものの正体に気付いていく。

あくまでも〝女性らしさ〟であること、〝女性らしさ〟は、いわゆる「社会的性別（ジェンダー）」であり、実体のない概念であること。

〈ぼく〉は、〈彼女〉といるとき、〈彼女〉を媒体として自分の感情にアクセスできる。〈彼女〉の不思議な力が、塞ぎ込んでいた感情を揺り起こし、〈ぼく〉を正直者にさせていった。〈彼女〉の姿を目に焼きつけたかった。あの空間では、〈ぼく〉を隠すアイテムを外すことができたのだった。

2

私は、アイドルだった。

「続けてみないか」

ありきたりな人生の入り口が見えてきて息苦しさを感じていた自分にとって、その提案は、何の害もなく、むしろ、絶好の機会かもしれないと思わせた。

同じ年代の男子が、社長である父（叔父）に対峙し横一列に並ぶ。〈ぼく〉と、弟と、従兄弟で結成されたグループである。

「みんなタイプが違うけど、やっぱりちょいちょい似てるね」と父が揶揄《からか》った。

三人は体の重心を中心からずらして怠そうに立っている。手を後ろで重ねている者、ポケットに手を入れている者、左手小指で頭を掻いている者。その中で〈ぼく〉は姿勢を正して起立していた。

どこかパッとしないメンツのどこに勝機を見出したのか。

父は元々、大手事務所のXに勤めていた。当時、頭角を表していたアイドルグループのマネージャーをしていた父は、しばしば上層部と対立を繰り返していた。事務所の将来の存続を懸念しての発言だったが、攻撃的な態度は多くの反感を買い、いつしか窓際に追いやられていたと聞いたことがある。独立してオフィス・Sを設立し、〈ぼく〉はXを辞め父に付いていく形になった。そして〈ぼくら〉がSの所属タレント第一号になった。

「いろんなグループが乱立してる中で、どう差別化していこうか、イメージは決まってる。男らしさ、これを全面に出していきたい。わかってる、時代と逆行してるのは。でも、あえて尖っていきたい。ターゲットは、男に恋する普通の女たちだ」

「えー女って、ババアとか？」

「ば……ババアって」〈ぼく〉が失笑すると弟は「年増にキャーキャー言われてもなあ。やっぱ同い年くらいの子がよくない？　あるいはちょい年上の女子高生とか」と片方の眉を上げて挑発的に言い捨てた。

「いいねえ」従兄が叫ぶ。

「うん、正直でよろしい。いいか、俺が元いた事務所は女々しい男たちばかりだった。母性くすぐる可愛い系、中性的な顔が受けてたが、もう飽和状態じゃないか？　どう思う」

「あー確かにねえ、どいつもおんなじ顔に見える！」従兄が溌剌と答える。

「……不健全というか、自然の摂理から逸れてるというか……なんか曲がってると思うんだよ。擬似恋愛？　願ったり叶ったりなんじゃないかな？　男ならモテたいだろう」

皆、互いに顔をチラチラ窺って、共通認識があると確信し、にやついている。従弟は内心、女オタクを小馬鹿にするタイプだったが、目をぎらつかせた〝女性ファン〟の黄色い声を一身に受け、数の承認欲求を満たすのはまんざらでもない様子だった。

〈ぼく〉は、皆に合わせて表情をぐにゃりと崩してみたが、それは周囲の圧による不自然な変形に過ぎず、すぐに顔の部位は元の位置に収まった。握りしめた右手を口元に当て、床を見ながら〈ぼく〉は「でも僕ら歌もそんなうまいわけじゃないし、ダンスだって」と、ため息まじりに言った。

「大丈夫だよ、最初は皆そうさ。これまでいろんな子を見てきたが、大事なのは、才能があるかないかだ。才能にだってたくさん種類はある。俺が求めてる才能は、歌やダンスじゃないんだ」

「なんなんですか」切れ目の従弟が無愛想に尋ねる。

「なんだと思う」

「わかんないから訊いてるんじゃないですか」

「まあ、そう、ぶすっとしない、クール系でも愛嬌は大事だよ」

「……運動神経は悪くないけど、もっとすごい奴はたくさんいるし、頭がいいわけでもない、顔だって、その……超絶イケメンってわけでもないし」弟が悪戯《いたずら》そうな笑みを浮かべながら言う。

「おいおい、そう言うなって、とくに顔のことは」

皆が爆笑している。

弟の顔、父と母の要素が絶妙なバランスで注ぎ込まれた顔。比率で言えば、7：3。いっぽう母親似の自分の顔は、小学校高学年になってから次第にマイナス要素に傾いていった。綺麗な顔立ちは〝男〟にとってふさわしいものではなかった。男子からは「おまえ、女っぽいな」と嗤《わら》われたこともあった。

「いいんだ、完全じゃなくて。不完全、未熟だからこそ客は集まる。君たちは、『成長』という名の才能があるんだから」

「は？　どういうこと」従兄弟が口を合わせて訊く。

「ファンは、キミたちの成長を見に来るんだ、お金払って、遠くから、わざわざ成長を見に来るんだ。中学卒業して、高校生になって、どんどん成熟していく、その様を見に来るんだ。これまでの母性本能をくすぐる女々しさはいらない。それは、他の事務所に任せておけばいい」

その言葉には少なくとも身体的成長も含まれていた。保健体育の授業で習った「第二次性徴」を思い出す。とっくに陰毛が生えている者もいた。クラスで一際体格が良い野球部の奴が「ほれ」と言って着替え中にブツを見せびらかした。股下に垂れ下がるそれは、父親のそれと連続性があった。歳を重ねれば、もっと黒ずんで肥大化していくんだろう。ひからびたミールワームのようにうねった陰毛が太腿の付け根や臍の下、尻にまで広がっていくんだろう。男子は「すげーすげー」と言って馬鹿騒ぎをしていた。

「恋愛を歌いながら貧弱すぎるんだよ、魔法でも使って守るのかって感じだろ。理想化されすぎなんだ」一番背が高い従兄は、社長の話を聞きながら、自分の腕をさする。その細さを気にしてるようだった。

「みんな君たちに恋をする。それは決して結ばれない遠距離恋愛だ。五年後十年後、ファンも一緒に成長していく、同じように歳をとっていく、生活の一部になる。君たちは心も体も成長していく。とくに身体の変化は大きく、筋肉もどんどんついていく。純粋にその成長を美しいと感じる本能が女にだってある。それを否定せず自然のままに応える。何も悪いことじゃないだろ、むしろニーズはそこにあると俺は思ってるし、血のつながった家族だからこそ魅せられるパワーがあると思うんだ」

父の価値観は本人が言うように時代錯誤だったが、今後も親から子に受け継がれていき、いつまでも〝本能〟として位置づけられると思う。ある価値観が絶滅するなんて歴史上あり得ないことで、やはり一定数の支持者は現れ続ける。生まれる前から価値観が染み込んだ俗間《ぞっかん》は、〈ぼくら〉の想像を絶する不壊《ふえ》の存在としてすでに在る。

「安心しなさい、君たちを男にしてやるから」

男子は、クラスに本物のアイドルがいるのを、どちらかと言えば誇らしく思っていただろうし、女子は、あからさまに意識をして〈ぼく〉の横顔にちくちくと視線を刺した。教師が低い声で、朝礼始めるぞと生徒を制した。まだ慣れない窓際の席に向かう短い距離でも、皆が一目置いているのが肌でわかった。自分は「アイドル」の言葉が包摂する神秘性を全身に何層にも塗りたくっていた。

朝礼が終わり、少しの喧騒の後、新学期最初の授業が始まった。〈ぼく〉は、春の生暖かい風を頬に感じながら、あの日の代々木公園を思い出していた。

「明日の朝八時に、とけい塔に集合、午前中に一本、午後に二本」

最も原始的な路上ライブから営業活動は始まった。とにかく自分たちを覚えてもらわなければならない。土曜日の代々木公園は、すっかり春めいて、桜の蕾が今にも弾けそうなほど大きく膨らんでいた。顔に受ける風が心地よい散歩日和に、その足を止め注目を集めるのは簡単ではなかった。どんな有名なアーティストも、いきなり有名になれるわけない、あの紅白常連アイドルさえも。古参になれれば、きっと武道館まで連れて行ってあげられる、そんなふうに期待を持たせたい気持ちもあった。だが、ファンたちの期待に応えるためには、いい子を貫き通さなければならない。スキャンダルを起こさず、常にみんなの「恋人」になり続けなければならない。

スタートはゼロに近いほうがよい、キミたちの才能は「成長」なんだからと、父が声高に叫んでいたのを思い出す。順々に自己紹介がされていく。血がつながっていること、現役の中高生であること、こんな形でアイドルになるなんて思っていなかったこと、みんな歌やダンスが好きなこと、憧れがいること、将来は、日本一になりたいこと。
将来――自分は今後どうなっていくのだろうか。期待よりも不安が優っていた。メンバーは当たり前のように進学して、さらにその先もアイドル活動を継続していきたいと公言しているが、十八になったら葛藤するのは目に見えていた。大学、あるいは、社会に取り込まれていかなければならない。アイドルの世界は「一般人」から見れば、現実の対極に位置するのかもしれなかった。〈彼女〉の言うとおりである。社会とは現実であり、アイドルは、現実ではない。非現実性を期待している連中に囲まれ、切り取られる不可侵の聖地の中で、〈ぼく〉はどれくらい息を潜めていられるのだろうか。
勉強と芸能活動の両立――それは実に過酷なことだった。テスト前にざっと教科書を読みこんでヤマを張れば高得点を取れるだけの器用さを持ち合わせていたが、活動が始まってからは集中力が続かず、窓の外を眺めながらぼんやりすることが多くなっていた。教室内とは全く異なる時間が流れる外界に滑り出てしまう感覚が、チョークの硬い音に消される。
その場の快楽と苦痛に寄りかかる生き方は、ある意味正しい。だが、思考中心の人間は、現在の積み重ねに規則を見出して、将来を予測してしまう癖がある。〈ぼく〉は、桜の花びらが上方から空気の抵抗を受けながらひらひら落下していく様を見ながら、自分の生涯を重ねた。自分はいつか必ず死に、「死」だけが現実から過去にシフトする――誰か一人の記憶に残っている限りにおいて。その記憶だけのために〈ぼく〉は、生きているのだろうか。だとしたら、あまりに虚しい。「人生は暇つぶし」とは言い得て妙だと思った。

本格的なレッスンの後は、身体の節々が痛んだ。それでも父からの宿題を律儀に毎日履行した。スタジオに入ってストレッチをし、それから腕立て腹筋を行う。その様子をコーチが不敵な笑みを浮かべながらカメラで撮影する。その動画は父に提出される。

自分たちの才能は「成長」だから、肉体的にも精神的にも、昨日の自分を超えていかなければならない。

「ほら」弟が、シャツを捲《まく》り上げ、窪み始めた腹筋を得意げに見せびらかす。メンバーが、すごいなあと言いながら歩み寄り、ペタペタと触っている。いわゆるシックスパックを〈彼ら〉は目指している。

「兄ちゃんはどう？　割れてきた？」

「いや、まだぜんぜんだよ」〝筋肉質な体〟と〝男性的〟とをだいぶ前から結びつけていた。そして、平然と見せ合うホモソーシャルな空間がピリピリと〈ぼく〉の毛を逆立てさせた。

この身体は商品価値を含んでいる。観客は、大人の体へと変遷していく有機物の塊を見て恍惚とする。肉体は、顔と不可分なのだろうか。それとも自分の顔が真っ黒に塗り潰されて身体だけの存在になっても、〝彼女ら〟は発熱するのだろうか。顔と体の組み合わせ。身体の視覚情報は識別子《しきべつし》たりうるのか。思索に耽る。

汗を吸収し若い肌に密着する薄手のTシャツに、コーチの視線が突き刺さる。それには性欲が含まれていると察知した途端、気分が悪くなった。〝男性性〟が芽を出している。

「お、みんな頑張ってるな！」

父親がどさっと床に置いたスーパーの袋から寒色系のボトルキャップが飛び出している。「差し入れ」

皆が振り向くと、額の汗がパラパラと床に落ちた。青春ってやつか？

年に一度行われるアイドル専門のフェスに〈ぼくら〉は出場を果たした。ボディラインの分かる前衛的なタンクトップ。股下にゆとりのある短パン。肩や腿の筋肉が汗でぬらりと光っているのを目に焼きつけようと躍起になる観客たち。

アイドルに夢中になれば、それ以外のことは意識の外に追いやられてしまう。「推し」を見つけ、一対一の一方的なつながりを感じ、いよいよ目の前に〈彼ら〉がいなくなっても、イメージの位相で自分の心を支えられるまでになる。父は、それを「イリュージョン」と表現していた。一時的に「現実」を忘れさせる。それこそが、アイドルの仕事であると語った。〈ぼく〉は十分納得していたはずだ。父の言うことは正しい。

世間じゃ「推し」の感情を、尊い、とか、彼が幸せだったら私も幸せ、とかで説明をする。〈ぼく〉を知らない赤の他人であるはずの人間が、〈ぼく〉を見て生命力を回復していく様――もしかするとそれは、美しいものを見た際に湧き上がってくる類の感情に近いのかもしれない。観る者と観られる者の関係性は、前者から後者の一方通行、まれに握手会で逆方向のアプローチがあるが、ほとんど、一人の人間に対して意識を向けることはない。ファン総体に対して自分らが頑張る姿を見せているだけだ。

それでもいい、むしろそれがいいと思うとすれば、非対称であるからこその感情であり、自己が評価の対象から外れる安心感があるのだろう。

一方で、「擬似恋愛」する人もいる。〈ぼくら〉がコンセプトにしているものだ。文字どおり、頭の中で恋愛をしている彼女らは、〈ぼくら〉の外観だけを頼りにして、中身を注入している。「美」に触れるわけではない。外に表れている部分は、この身体、筋肉の躍動、顔のパーツの並び方が好みである、というだけではないのか。それも、多くの人間が〈男〉として見ている。それに対してなぜ嫌気が差すのだろうか。それ〈ぼく〉はやはり思索に耽る。①言語〈男〉が含むイメージへの嫌悪、②〈男〉である自己を思い出させるまなざしの存在。

その日のライブでお披露目となった新曲は、演出が過激であると各メディアからバッシングを受けた。曲の間に、一枚ずつ服を脱ぎ、上半身裸の四人が肩を組んだポーズで終わる。汗で濡れたシャツは観客に投げるように指示されていた。宙を舞う布に視点が集まり、それ目がけてぐわっと腕が伸びる。その様子は〈ぼく〉の目にスローモーションに映った。両端を別々の人間の腕が絞り、破れんばかりに引っ張られる湿った布。そんなものが欲しいのか。彼女らを見ていると不憫に思えた。自分自身もいったい何をしているのか、自信が持てなくなっていった。炎上を味方につけるのは父の狙いどおりだった。未成熟な肢体があらわになり、観客の視線が吸い寄せられていく。そこに背徳感も加わり、胸を昂《たかぶ》らせる。ステージ前はものすごい熱気に包まれていた。

弟のほうに目を向けると、彼は悦びを感じて目を輝かせていた。だが〈ぼく〉は、性別がありありと炙り出されたこの二元的な世界が真っ青に感じ、一人だけ冷静に、そして無理やり笑った。自己の〈身体＝性〉が消費されていく。自分が〈男〉として認識されているのが恐ろしく感じた。〈男〉に分化するのは、決して自分の意思ではなかった。〈男〉に見られるから〈男〉になっていく。彼女ら観客のニーズに沿う形で、自分が成型されていく。皆はそれを望んでいる。でも〈ぼく〉はそれを望んでいない。この違いは何なんだろう。いつから分岐したのだろう。物心つく前から、男女の二分法的な扱いを察知していたように思う。小学校が創立記念日で休校の時、散歩道に見た二頭身の子どもたち——男の子は水色、女の子は桃色の服を纏《まと》い幼稚園近くの公園を駆け回っている。〈ぼく〉も青系の服を着せられていた。当時は、ピンクの服がいいな、と思っていたが、男女によって分別されているとは意識していなかった。

先生が、男の子は「クン」で呼び、女の子は「チャン」で呼ぶ。遠くから見れば、就学前の園児たちは、男女の区別がつかなかった。髪の長さが男女の分別記号になっていたのは、きっと、母親やその周辺の女性たちが皆、長髪だったからなのかもしれない。その経験則をもとに、髪の長い子は女の子であると見てしまう。実際、髪の長い男の子はいなかった。

〈ぼく〉は、〈男〉の体を持って生まれた。目に見える形でペニスが付いているから、瞬時に看護師は「元気な男の子ですよ」と母に言った。それ以外の差異はなく、性器が体外にあるか体内にあるかの違いで二種類に分断されているのだった。後者は、体内で、新しい命を宿し、出産する能力を持っていると学校で昔教わった。その約四十週間、母は父よりも長く我が子に接している。自分から生まれ出でた生命から離れるわけにはいくまい。私がいなければ、この子は死んでしまう、守ってあげなければ、と思うのは、激痛ゆえの責任感なのか——〈ぼく〉はそうして生まれてくると、ゆくゆくは父親になるべき身体を持っていた。父は、妻と子を守らないといけない。仮に母親が内向きであれば、父親は外向きの力を行使する。筋肉質なのは、動物として当然であり、力の象徴であった。男（雄）が女（雌）に求められるのは、自然の摂理に適っているらしい。だが〈ぼく〉は、家族構成の定型に倣うのは嫌だし、〈女性〉の反対側に〈男性〉が対置されているのも好ましいとは思っていない。当時の稚拙な表現で言えば、女子からモテたくなかった。〈男〉として認知されたくなかった。〈男〉たちが、己の身体的特徴を原因にして作ってきた〈男社会〉が、灰色にしか見えなかった。

3

一番身近なのに一番疎遠な男性、父親に対する復讐心が沸々《ふつふつ》と煮えたぎっていた。一方でエリート教育の信奉者である母親には早々に諦めが付いていた。幼少期の〈ぼく〉をピアノ、水泳、英会話、書道教室に通わせていたのは、母なりに〈男社会〉に出る息子に武器を持たせたい気持ちがあったからだった。とにかく〈男〉は戦わなければならない。弱くあってはならない。そして、〈女〉を、家庭を、守らなければならない。屈強な肉体と世を渡る知能こそが本質である。なぜ？〈ぼくら〉人間の祖先が猿だからか？　オスがメスを取り合うためであれば、肉体、知能共に優れているほうが優勢であるのは間違いない。〝良いメス〟を勝ち取り、〝良い子孫〟を残すために、オスは強くなければならないのか？　誰のために？　まだ存在もしていない子孫のために？　まだ十代の自分が、なぜ、未知の存在に奉仕しなければならないんだろう？　全てを遺伝子に還元する進化論的な価値観に吐き気がする。何がエリートだ。家ではナヨナヨしている夫の姿に心の裏では反発して、理想の姿を〈ぼく〉に投影しているだけだろう？　ああ、〈ぼく〉は母親のアイドルだった。

大人が〈ぼくら〉に古い価値観を植え付け、押し付ける。化石化したと思っていたそれらは現社会に蔓延《はびこ》っていて、最たるものが恋愛至上主義なのだと思った。その主義で、イデア界のアイドルたちを引き摺り下ろそうと父は企んでいた。X事務所への復讐心か、あるいは、父自身に覆いかぶさった劣等感からか。

高圧的な大人たちに対して、強くあれ！　と〈ぼく〉は自分を鼓舞し祝福する一方で、ねっとりとした恐怖にも支配されていた。元アイドルの肩書きは一生ついて回り、〈男〉になりきれなかった〈男〉として、嘲笑の的になるのだろうか。それとも、〈ぼく〉の盾となってくれる人が現れるのだろうか。〈ぼく〉を真に「推し」てくれる人はどこにいる？〈ぼく〉は、ファンがアイドルに対してするように、誰かの内に心の拠り所を求めていた。

そんな葛藤の渦に溺れている時だ、〈彼女〉から連絡があったのは。

多種多様の「人種」が入り乱れる場所——新宿歌舞伎町で会うのには少し戸惑った。自分とは無関係の場所だと思っていたからだ。

〈彼女〉の外見は、最後に会った時から大きく変わっていたが、その佇まいから不思議とすぐに判別ができた。久しぶり、と〈彼女〉は言った。やあ、と〈ぼく〉は言った。

〈彼女〉は細い道を縫うように進んでいき、新宿の奥深いところで、ふっと消えた。〈ぼく〉は焦った。街灯が断片的に道を照らすだけで突き当たりが見えなかった。恐る恐る進むと、小径の突き当たりから階段が下へ伸びている。地下に潜っていくと、茶色の扉の隣には小さく光る看板が打ち込まれており、ここがバーであると教えている。外から中は全く確認できない。見た目以上に重たい扉は、音を通さない映画館のそれと似ている。自分の挙動は、扉を開けるまでは予想できなかった。未知を前に心拍数が上がった。ぐっと力を腕に込めて体重の三分の一を後ろに掛けながら引き、現れた隙間に身を滑り込ませる。

一瞬でこの店の雰囲気の虜になった。喧騒が染み込んだ「新宿」に、その汚染から免れた場所がある。整頓された構造物とは対照的に客の服装は主張が激しかった。スウェット姿は場違いな気がした。初めて自分の服装を恥ずかしいと感じた。そして、家のクローゼットには、自分で選んだ服装は一つもなく、服の買い方を知らないことにも赤面した。その怠い感覚を掻き回すように〈ぼく〉は店内を見渡した。一番奥のカウンター席に〈彼女〉は座っていた。平和な街中を歩く学生とは別の世界で生きる人物の華奢な全身が鋭利に尖っている。

店主《マスター》が会釈した。〈ぼく〉は首で挨拶をし、席を一つ空けて〈彼女〉の横に座った。注文システムなど知るはずがない。なんせ高校生だ。店主はメニュー表を差し出し、ノンアルコールのドリンクを指でなぞった。酒でなくてもカタカナ語は格好良かった。

〈ぼく〉は、目の前に出されたナッツを頬張り、シャーリー・テンプル、と唱えた。

〈彼女〉の顔を盗み見る。厚い化粧で実年齢は隠されていたが、全身に幼さが漂っている。背筋を伸ばすと、頬杖をついて変形していた頬肉は瞬時に元の位置に戻る。唇を濡らす程度にグラスを傾ける。視線を感じさせたくない。透明になって、ただ一方的に眺めていたかった。

〈ぼく〉は〈彼女〉が話し出すのを待った。目が合うと、〈彼女〉は無計画に微笑んだ。鳩尾《みぞおち》が上下に揺れるような感覚だった。咄嗟に目を逸らしたが、相手の視線に好意を感じ、再び〈彼女〉のほうへと目をやった。

マスターの目が〈ぼくら〉の目と目を往復した。唇を糸のように引き伸ばし微笑み、バースプーンを器用に回す。年齢、近い？　なんだかふたり、兄妹みたいだね。

身内がみな男だけだった自分にとって、姉や妹のいる家庭は、羨望に堪えない存在だった。あくまで家庭に対する感情であって、実際にこんな可愛い子が妹だったら、〈ぼく〉は、〈彼女〉に対して羨望を通り越して嫉妬を覚えるだろうと思った。他人だから、憧れに収まるのだ。

「学校楽しい?」〈彼女〉が訊く。

事務所活動と学校生活とを往復する日々は「楽しくはないかな」。

「だよねー」ストローで氷をグラスに押し込む。

〈ぼく〉は尋ねる。「——これからどうするのさ」

「別に。それで終わり」

そのセリフは挑発的に聞こえた。それは多分、〈ぼく〉がアイドルを本気で辞めたいと考えている兆候だった。だが未だに、辞めた後の人生と辞めない現状維持の人生とを損得の秤にかけていた。アイドルを辞めたら、別の人生線に乗り換えなければなるまい。しかし救いなのは、〈彼女〉が人生を、線で捉えていない、ということだった。現実の瞬間瞬間を生きている。

「働くの?」

「さあ、どうだろ?」カロカロと液体の中で曇った音が鳴る。「なんかあたし、将来のこと考えられないんだよね。どう？　考えてる？　ずっとやるわけじゃないんでしょ。ずっとやる人たちもいるけど」

将来。将来ってなんだ？〈彼女〉は〈ぼく〉が憧れる「キリギリス」だった。人生に保険を掛ける、そんな「アリ」的な生き方を、〈ぼく〉はどこで学んでしまったのだろうか。

「悩んでる？」

「うん」

「じゃ、ここの常連さんになるね。みんなそれぞれ、いろんなものを抱えてここに来てるんだ。訳ありな人しか来ないもんね、マスター」

特に今の自分は、ワケアリだった。

店内の客は、彩りを纏っていた。個性的な服装は、まさに、好きだから着る、というシンプルな動機によるもので清々しかった。髪の長さやカラーも十人十色。身につける装飾品、たとえば、ピアス一つとっても、鼻、眉間、唇、舌、耳、穴を開ける箇所や組み合わせは違った。刺青が腕、脚を覆っている人もいれば、包帯をぐるぐる腕に巻きつけている人もいたし、ぬいぐるみを大事そうに抱えた絵本の住人もいた。多様性は、男女に線引きする癖を見抜いては〈ぼく〉を撹乱させた。脳内の凝り固まった自分の小さな世界が、ほんとうに小さなものだと感じ、〈ぼく〉は意識をカウンターテーブルのほうへと戻した。

私はまだ若かったのだ。

ニキビ跡はひとつもなく、身体もしなやかで、髪もサラサラだった。童顔で丸顔なのが、〈ぼく〉は変化《へんげ》の可能性を秘めた幼虫であると誤解させた。〈ぼく〉がなりたかった〈女性像〉は、まさに〈彼女〉みたいな容姿を持つ人だった。それは、母親とは全くの逆の姿でもあった。〈彼女〉は大人の〈女性〉には程遠く、〈男〉を魅了する色気を持ち合わせていなかった(と、皆は言うだろう)。健康的な四肢は、ただただ美しかった。当時の〈ぼく〉はその「美」を、〈男性性〉の否定として捉えていた。

いらっしゃいませ。

〈彼女〉はカウンターから立ち上がり、腰を曲げ扉を潜った客のほうへ気分を弾ませて近づいていった。その様子を見て〈ぼく〉は少しの嫉妬をした。

その相手は、虫(ナナフシ)を想起させるような体型で、カツカツと靴を鳴らしながら席に着いた。〈ぼく〉は、バーカウンターよりわずかに数段高い場所にあるフロアを見上げ、その組まれた長い脚に視線を滑らせた。歳は三十代後半か四十代前半で、前下がりのショートはミリ単位で切り揃えられている。この場にふさわしい人物であり、良い意味で自己本位的だった。〈彼女〉は立ったまま、ラウンドバーテーブルに両手で頬杖を突いてその人の顔を覗き込むようにして距離を詰めた。

〈ぼく〉がマスターのほうに向き直ると、父とは対照的に低く落ち着いた声で話し始めた。いろんな人が来るでしょう。

「そうですね、本当、いろんな人が」

ここは【where・a・bouts】という名前なんです。日本語で【居場所】という意味です。

「居場所。何だか素敵ですね」

マスターは柔らかい声で、あなたの居場所にもなりますように、と言った。

「……ぼく、みんなに夢を与える仕事をしているんです」

目尻に刻まれた細かな皺は、〈彼〉が上手に歳を重ねた類の人間である象徴のようだった。話せば否定せず受け止めてくれるが、一方で、こちらが離れていくことだってできる距離感。〈彼〉がこの三十から四十センチのバーカウンターを跨いでこちら側に来ることはない。そこに安心感があった。ひと昔前のファンとアイドルの非対称的な関係に似ていると思った。

自分の奥底から発せられる救難信号を感じる。何が〈ぼく〉を苦しめているのか。誰も否定されないこのバーで、今だけを見据え、欲求に思いを巡らし、そして、語り出す。

「ぼく、思うんです。夢中になるってことは、自分を忘れるってことじゃないですか。自分自身が、周りからどう見られているか忘れて、意識を全部持っていかれるくらい、強い想いが溢れるって感じかなあ、と。なのに、夢中にさせてるこっちは、どう見られてるかしか考えていないんです。矛盾してますよね。どう見られてるかで、ぼくは固定されて、そのとおりに生きてかなきゃならない、そんな人が誰かに夢を与えられるわけなんてないのに……」続く言葉が見つからず、ノンアルコールを口に含む。爽やかな酸味が口内に広がり鼻から抜けた。

しばらくの沈黙の後、マスターはグラスを拭く手を止めて、ほんとうの自分じゃないってことですか、と尋ねた。無理をしていると、そう感じているのですね、と。

体内を循環する鬱屈とした気分は、その一言に集約されるのかもしれなかった。

「無理をしている」。アイドル活動に対する評価なのか。だとすれば、アイドルを辞めれば安らぎを感じるのだろうか。

――自分が自分自身であることから逃げ出したい。

背後でふたたび扉が開く音がして、目の端に赤のスパンコールドレスがぼんやりと浮かび上がった。細いヒールに乗っかった太い身体が左右に揺れながら、大きく近づいてくる。そうそう、これが「二丁目」だ。同じフロアラインに太い人間と細い人間が並ぶと、〈彼ら〉を「人間」と一括りにするのは奇妙にも思えた。「久しぶり！」と〈彼女〉は「スパンコール」と低い位置でハイタッチして再会を喜んだ。愛想を振りまいているのではない。裏表のないシンプルな感情表現を見て〈ぼく〉は羨ましかった。ドレスが窮屈そうに腹部を締めつけていて、お世辞にも似合っていると褒められるものではなかった。それなのに〈ぼく〉は、堂々たる「スパンコール」の自信に心奪われていた。それこそ、夢中になっていたのだ。この空間では〈ぼく〉だけが空虚で、〈ぼく〉だけが自信を失っているように思えた。そして、この空間において、優劣を評価しているのも〈ぼく〉だけだった。皆、夢中になれるものを見つけていた。

「ナナフシ」と「スパンコール」は、一対一で会話するには遠い席に座っていたが、

〈彼女〉がバーテンダーさながら二人の中継点となり、いつの間にか話題を共有している。〈ぼく〉はその中に入りたかったが、それには距離が遠かったため、後日の機会を待つことにした。バーカウンターに向き直り、組んだ腕をそこに乗せ、前傾姿勢で体重を掛けた。自分の骨張った腕を感じた。エッジ部分に鳩尾の下部分が当たり強く反発した。〈男〉の体だった。シェイカーの表面には店内の全ての光が集まり溶け合っていた。

4

何度も〈彼女〉に会った。

バーの外でも、多くの時間を共に過ごした。ファミレスで互いに好きな料理を注文し分け合った。夜遅くまで会話は途切れない。大衆酒場を梯子した日もあった。〈彼女〉は決まってノンアルコールビールを注文し、酒のつまみだと言って、脂っこいものを次々に注文した。〈ぼく〉があまり手をつけないでいると、ほら、食べなよ、と皿をぐいぐいと近づけてくる。食べないわけにもいかず、そのせいで〈ぼく〉は少し太った。筋肉が、脂肪に負けていく様子が愉快に思えた。顔にはニキビができては数日で消え、また新しいものができた。どんなに不摂生な生活を送っても、〈彼女〉の肌艶は失われなかった。

いつしか〈彼女〉は〈ぼく〉にとってのバディになっていた。共にいる時間は、現実の否定ではなく、もう一つの現実だった。〈彼女〉がいれば、つらいことが小さく見えた。

ところがある日、新宿の某ホテルのビルから、一人の〈少女〉が飛び降りてから、日常が大きく歪みはじめた。世界のうねりを〈ぼく〉は見た。〈少女〉の死は伝播して、新宿を拠点に活動していた〈少女〉アイドルがメンバーに刺され、ある〈少女〉モデルが撮影会の後行方不明になり、塾帰りの〈少女〉の集団に車が突っ込んだ。世間は「少女の呪い」だと騒ぎ立てた。さらに、新宿界隈では〈少女〉の整形率が急激に上がり、また、妊娠・中絶率も大幅に上昇した。X事務所の一番人気のメンバーが、性交を強要されたと元カノに暴露され、事務所のイメージは完全に地に落ちたという話も聞いた。数日後、その元カノは、三番街でボロ雑巾のような姿で発見された。〈彼女〉が怯えた姿を見せたのは初めてだった。〈ぼく〉は根拠なく、大丈夫だよ、と言ったが、〈彼女〉の顔色は日に日に悪くなっていき、小さな咳を頻繁にするようになった。〈彼女〉が遠くへ行ってしまうのではないかと不安になった。もし独りになってしまえば、〈ぼく〉は生きていける自信がなかった。

唯一の静寂があったいつもの場所で、〈彼女〉は背中を丸めて、やはりいつもの席に座っていた。その夜は、間を開けず〈ぼく〉は隣に腰掛けた。

〈彼女〉は眠っているようだった。いつもなら、微笑みで助けてくれるマスターはいない。常連客も見えず、数週間前と同じ場所とは思えなかった。

「ねえ」と呼びかけると〈彼女〉が口を開いて〈ぼく〉に訊いた。「もしさ、もうすぐ死んじゃうってわかったらどうしたい？」

「何それ……心理テスト？」

「たとえば。たとえばだって」

口元に皺を見た。こんな一気に老けるものか。〈ぼく〉は沈黙が恐怖に感じて、なんとしても会話をつながなければいけない、と思った。

「そうだな……脱退して、それから……」

「それから？」

「ただの人間になる」

「ただの人間って何」

「ありのままの、何も飾らない人間」

「……それはいいかもね。『ありのまま』。魔法の言葉だよね……で、あんたの『ありのまま』って何？」

「……無理しないこと……かな。自分に何かをペタペタくっつけていくんじゃなくて、自分らしさ以外をどんどん取り払っていきたい」

「ふうん」

「みんなどんな反応するだろう……男らしさを売っていくのは苦痛……ありのままでいたい……そんなこと言ったら兄弟からもハブられるだろうな」

「それで、もう男として生きるのが無理だから、これからは女の子として生きていきたいの？　それって本心なの？　女の子として扱われたいの？」

「たぶん、そうなんだと思う」

「ほんとうになりたいの？　なったこともないのに？」

その一言に、〈ぼく〉は出鼻を挫かれた想いだった。

「なるためにどうすんの？　どうなれば女の子になれるの？」〈彼女〉の眉間には皺が寄っていたが口角は上がっていた。

〈彼女〉は〈ぼく〉を小馬鹿にした。言葉遣いは十代のものだったが、同年代にもかかわらず、嫌味ったらしい歳上の叔母と会話しているようだった。

「自分も、どうすればいいのか、わからないんだ。でも、君とか、ここのバーの人たちとか、色んなことを知ってるだろうから。でもぼくは、君みたいに、かわいくないし」

「可愛い？　あたしが、可愛いって？　どこが？」

〈ぼく〉は少し照れながらも、〈彼女〉の可愛いところを、フェチと思われない範囲で列挙した。髪、さらさら。目、キラキラ。大きな目、膨らんだ涙袋。鼻、丸くて小さな小鼻。口、キュッとなった上唇。頬、まん丸で薄い桃色の天然チーク。

すると〈彼女〉は、嫌悪感がある目でこちらを睨み、「あんたの可愛い、って何、子どもっぽいってことなの？　ちっちゃいとか丸いとか」と鼻で笑った。

「なんか安っぽいね、可愛いって。それでやれるだけのこと、やってんの？　あんたは」と憤りを見せたのには正直驚いた。〈彼女〉の感情の起伏は流体のようだった。

「やれること……」

「そう、あんたが言う可愛くなるために何してんのって」

ぼくは、〈彼女〉の顔の作りが好きだった。理想だった。小さな面積に、小さなパーツが奇跡的な配置で並んでいる。それに比べて自分の顔は中途半端だった。ゴリゴリの男顔で生まれてきたなら、むしろ諦めがついたのに。

「何にもしなくても元からなの羨ましいよ」

〈彼女〉の均等に並んだパーツが中央に寄った。左上唇が上がり小さい歯が見えた。感情に挑発の針が引っかかったのが爽快だった。が、すぐに後悔した。

「はっ、生まれつき可愛いとでも？　ふざけんな。これがアイコンなの、ここで生きるための。あたしは生きてるの、生きるために！　可愛いが弱いって？　守りたくなるって？　非力で子どもっぽいって？　あたしがどれだけ頑張ってるか知らないくせに、偉そうに!!」

　そう言い捨て、〈彼女〉は勢いよく出口へ駆けた。

〈ぼく〉は、後を追って外に飛び出した。

〈彼女〉との距離を縮めようと歩きを速めるほど、コンクリートが靴底を削っていった。互いに冷静になってから改めて対話をするタイミングは二度と来ない。このまま〈彼女〉の後ろ姿が「新宿」に紛れていくのを見送っては駄目だと直感した。〈ぼくたち〉は、冷静になるべきでなく、むしろもっと感情が必要だった。

「そんなつもりじゃなかった」

「あっそ、あんたがどう思ってようが知らないけど、あたしは傷付いた」

「ごめん」

「男らしさとか女らしさって二つに分けてるあんたみたいな人がいるから、らしさはなくならないんだよ」

三丁目のネオンの間を抜けると喧騒が戻ってくる。〈ぼく〉の感覚器官は、〈彼女〉の指摘のとおり二項の基準で評価・判別している。女の声、男の声、女の姿、男の姿。ピンクのネオン、女。ブルーのネオン、男。

コンビニから漏れ出した不必要な明るさに招かれて〈彼女〉は自動ドアを潜る。〈ぼく〉はサングラス越しの〈彼女〉の後ろ姿に引き寄せられる。〈彼女〉は、棚に整然と並ぶ菓子類や乳製品には脇目も振らず、店内奥の飲料コーナーまで進み、商品を繁々と見てから、身長と比べてだいぶ大きいガラス戸を開け、缶を二本引っ張り出し、その缶をレジへ持っていった。ベトナム人と思しき店員がバーコードを読み取り、無言で画面に表示されたボタンを押すよう促す。〈ぼく〉は戸惑いながらもそれを押す。アリガトゴザイマシタ。缶を持った〈彼女〉が自動ドアをすり抜け、〈ぼく〉は後ろについていく。

真向かいの植え込みには、十代か二十代か年代不明な金髪の若者たちが横一列になって座り込み、スマホをいじったり、発泡スチロールのような安っぽく白く濁った皿の中身を割り箸で突いたりしていた。

「ほら、これ飲み」

「いや、未成年だし」

「何を守ろうとしてるわけ」

「法律」

「二十歳って決まってるから飲まないんだ？　他の国じゃ、もっと若い頃から飲んだっていいところだってあるのに。飲んだら何が起きんの？　身体に悪い？　悪いことなんてたくさんしてるでしょ、ストレスのほうがよっぽど悪い」

〈彼女〉は缶に口をつけ、喉を鳴らして豪快に飲んだ。「あたしがいいんだから、いいんだよ、自分で考えて好きなようにすればいいんだよ。あたしは大人になりたいの、健全な大人に。大人にならなきゃダメなの、酒飲んで、タバコ吸って、どんどんくすんでいかなきゃダメなの、生きていけないの」

左側のビルにデカデカと輝くI・♡歌舞伎町のほうへと吸い寄せられていくさなか、〈彼女〉は振り向き小声で言った。「さっきの子たちだって同い年くらいだよ。でも、もう大人なんだ。アルコール飲むのが様になってる。汚い街がお似合い」

〈ぼく〉は渋々、缶を開けた。

行くあてもなく、光が埋め込まれた街並みをぼんやり眺めながら、けっきょくは東宝ビルをぐるりと回ってトー横まで彷徨《さまよ》った。深く帽子を被り直す。

「あたし、ここ嫌い」〈彼女〉は、聖地を守る細い金属柵に腰掛け、足をぶらつかせて言った。若い〝女〟たちが、尻を地べたにつけて太腿をあらわにしている。その脚にはところどころに痣があって、〝少女らしさ〟を想起させなかった。しかし、拳一個分離れて隣に座る〈彼女〉の脚は美しかった。そこに〝少女らしさ〟を認める自分の思考を嫌った。電灯近くの一人が手を振った。〈彼女〉は手を振り返した。

「あたしがここ好きだって勘違いしてるんだ、みんな」

〈彼女〉は、チューハイの最後の一滴を舌に垂らし、空いた缶を握り潰して遠くへ投げた。乾いた音が一面に響いた。数人の視線が動いたのは気のせいかもしれない。相変わらずひどい喧騒に包まれていた。

「……やっぱり、アイドル辞めたい」

「辞めればいいじゃん」

「そんなに簡単じゃないんだ」

「簡単だよ。辞めなよ、辞めますって言いなよ」

互いのセリフに熱がこもっていくのがわかった。本音をぶつければ、それに対して真っ直ぐな想いとなって跳ね返ってくる。それは大層ありがたいことだった。

「辞めるのに許可が必要なわけ?」

「社長……父さんなんだけど、」

「え、あんたの? ウケるな、それ」

「辞めさせてくれない……説明できる自信ない」

「説明する義務なんてないでしょ」

「辞めた後のことも考えられない」

「辞めて、学校行くの? それとも働くの?」

「わかんない。なにも考えられない」

〈彼女〉は〈ぼく〉の代わりに長く溜息をついた。

〈ぼく〉は新宿のど真ん中で死体のように寝そべる、およそ「キッズ」とは呼べない人々を肴に缶チューハイをあおった。

「そっちはどうするの?」質問を返してみる。

「あたし？　あたしは……別に何もどうもしないよ。これまでとおんなじ。待つよ、何かを、ここで」

「何かって？　いったい何が起きるっていうのさ」

「さあ、なんだろうね……生きるために必要なこと、あるいはその終わり。それが来るまで、待ってる。それが来てね、あたしたちを攫《さら》っていくんだ」

〈彼女〉が語る言葉の意味を追うことはできなかった。ただ、物寂しげな横顔は、同情を求めてはいなかった。しかし、その裏側に封じ込められた凄まじい熱が、助けて、助けて、と叫んでいるのを感じた。

「ここが居場所の子なんて本当はいないんだ。みんな瀕死状態で血まみれ。でも、後ろ見たらカップルばっかじゃん。お互いが帰る場所になってる、相手がいるから、自分がいる、みたいな。ちゃんと所属してる。サラリーマンのおっさんもすごいよ、多分お客さんのところに行く礼儀なんだ、ネクタイもしてさ、ハゲ散らかしてるけど馬鹿になんてできないと思った。ちゃんと所属してる。ＪＫも楽しそうだよね、終わったらみんなで遊びに行ってさ。彼氏もいるでしょ、あたしの彼ピッピは～、ちょーかっこよくて可愛いの～いつも守ってくれるの～、ずっと一緒、大好き大好き大好きって、馬鹿みたいだけど、ちゃんと所属してる。感情受け止めてくれる人が周りにいるんだ。あたしみたいにふらふらしてる人間は、どこにも所属してない。みんな学校行ってるか働いてる。あたしは？　ほんと何してるんだろうね。前、話したっけ？　お金持ちのとこに居候してるんだけどなにもしてない、メイドさん的なことも特にしてない、雇われてるんじゃなくて養われてる、存在だけでいい、みたいなこと言ってるけど、そんなことはないし、勉強もしてないし、何かにならなくちゃいけない社会で、何になるか全くわからないし、知り合いはたくさんいるけれど、あたしは、何かに対して『大切だ』って思えないんだ。人見知りなんてしないし、何に対しても怖いもの知らずだけれど、それは、失うものがないからで、別に、強いわけじゃないのにみんな勘違いするんだ」

〈彼女〉の頬に涙が細い線を描いた。

「どうしてこんなにつまんないんだろう。あたしは、仲間とか仕事とかに命を捧げるなんてできないし、ぜんぶ嫌いなんだ、嫌いなことが多すぎる。自分のことなんて、世界で一番嫌ってる」

「そんなこと……」

「言うなって？　そうゆうのがムカつくんだよ、なんも責任取れんくせに、大丈夫、なんとかなるよ、みたいにさ」

〈ぼく〉が視線を向ける〈彼女〉の左半身は、街中のネオンを吸収し、それが傷痕のようにも見えて、ひどく痛々しかった。

「あたしが、あたしたちが、自分の理想から外れてくのが怖い？」上唇を意図的に引き絞って白い歯を見せた。「みんな新宿に集まる。偉い人だって、歌舞伎町に飲み込まれてく。きっと自分が自分であることを忘れるために。ねえ、自分の人生を他人におすすめできる人なんて聞いたことある？　アタシの人生、最っ高！　このシアワセ、分けてあげたいなあ、って、美味しいの食べたとき、無理やり食わせようとする人みたいにさ、どう？」

さっきまで見えていた星が消えていた。広い空を遮るビルが倒れてくる。人生。いつ終わってくれても結構。でも、何か引っかかっている。

「あたし、不登校になったじゃん」

〈ぼく〉は頷く。

「別にいじめられてたわけでもないし、勉強についていけなかったわけでもないし、おばあちゃんもまだ生きてるし、自分でも、なんでかわからなかった。なんでかわからないけれど、ある日、気付いたの、その日がずっと終わらない、それが怖くて怖くて、ずっと今日が続いていくんだって、そう思うと絶望しかなかった」

〈ぼく〉の頭は曇ってきて、〈彼女〉との会話を鬱陶しく感じ始めた。背中から肩、腕にかけて寒気があった。身体を温めていた血液が足先からコンクリートに漏れ出しているようだった。

「それでね、ママに言ったの、つらいって。もう学校行きたくない、苦しいって。そうしたら、どんどんママの顔が白くなっていって、あたしをじっと見た。でも視線は合わなくて、ママはあたしのおでこをじっと見てた。それからわざとらしく笑って、今日、好きなもの作ってあげるよ、美味しいもの、ね、食べようね、って言った。夜は、パパが早く帰ってきて、三人でママの作ったハンバーグを食べた。いつも無口なパパは別人みたいに話し始めた。このハンバーグ美味しいね、そうやって沈黙を壊そうと必死だった。同僚から聞いたんだけど、ＴｉｋＴｏｋってやつが流行ってるんだって？　どんなの？　パパもやろうかな。そうだ、久しぶりにどこか行こうか？　新しいテーマパークができたらしいね、知ってる？　パパ、おやすみ取れそうなんだよ、何か欲しいものあるかい？　誕生日にね、せっかくだったら欲しいもの買ってあげたいなあ——表面的なことだけ。噛み砕かれて唾液と混ざったハンバーグのカケラがテーブルに飛び散った。ママは絵本のように微笑んでいた。まるで、完璧な家族だっていうように満足げだった。あたしは、そんな話なんてしたくなかった、ハンバーグで消える苦しみじゃなかったから。もちろん、親だからってなんでもわかるものじゃないんだってわかってる、でもやっぱりどこかで期待してしまっていて……つらい、苦しい、って涙がポロポロ出てくるの、勝手に出てくるの、あたしはその本当に小さな期待に縋《すが》る思いで、助けを求めた。そうしたら、パパはいつもの無口に戻って、ママは、悲しい表情をした。シアワセしか知らない人が見せる憐れみの表情で『実はね、ママもつらい時があったの』って同情してきたの、『ずっと秘密にしていたけれど話すね。どうか聞いてちょうだいね』って、今からすごいこと言います、みたいな顔して、『大学受験に失敗してね、予備校に通っていたんだけれど、毎日勉強のために寝て起きて、なんのために生きてるんだろう、って考え始めて——高校生の時、全然青春なんてなかったから、良い大学に行って、失ったものを取り戻すんだ、なんて自分を奮い立たせていたはずなのに、ある日、一週間がね、なくなってしまったの、一週間、七日間を一区切りにして来週も頑張ろうって思えなくなってしまって、ずっとこの時間が続くんだと思うと怖くて孤独だった。それでも、なんとか大学に合格して……第一志望は落ちちゃったけど、行きたい学部には行けた。新入生向けのオリエンテーションがあって、隣に座った子と話ができて、これから、楽しい毎日が待っているんだ、ってワクワクした。でも、そんな簡単じゃなくて、また予備校時代の、あの間延びした時間を感じてしまったの。いつまで経ってもゴールは来ない、いつまでもずっと時間は進んで、どうせいつかは死んでしまうのに、その場しのぎの感情で幸せを求めて、もう死んじゃおうかなって、ここから飛び降りれば全部終わるんだって、駅のホームでいつも思った。そんな時に出会ったのがパパだった。アルバイト先で知り合ったの』パパの目が泳いでた。でも平静を保とうとしてハンバーグをナイフとフォークで小さく小さく切ってたのがおかしかった。『パパと出会えて、人生が変わったの。灰色だった世界が一気に色づいた、桜が咲くみたいだったわ。あなたにも、この瞬間が必ず来る、生きててよかったって思うときが必ず来る。そう信じてる』あたしは、真っ赤な心の中を見せつけてやりたくて、一度も口をつけてないハンバーグの横で気障っぽく光るフォークを鷲掴みにして思い切り腕に突き刺したの」真っ白な左腕には、ベルト状のアクセサリーが巻きつけられていて、傷痕を隠していた。震えていた。

『『そんな苦しいってわかってんなら、産むなよ!! 産まなきゃ不幸なんてないんだから』そう言いたかったよ」

確かにそのとおりだなと〈ぼく〉は思った。だが、〈彼女〉の母の気持ちも理解できるような気がした。きっと世の中の多くの親は、まさか息子・娘が自分と同じ闇に囚われるとは思ってもみないのだろう。そもそも、まだ存在していない存在に宿る「心」を思い描くことすら難しいのかもしれない。

だが〈彼女〉の気持ちを汲んで〈ぼく〉は言った。

「親は、親自身のために、子を産むんだね」

そう言葉にして外界へ放つと、とっさに〈ぼく〉は自分の感情がニセモノでないかと疑った。でも、本物だ。〈彼女〉の味方になることが、同時に〈ぼく〉の本音を肯定してやることと同義だった。父は、母は、なぜ〈ぼく〉を作ったのだろう。そしてなぜ〈ぼく〉は今まで父を、母を恨んでこなかったのか。

「ああやって遊び狂ってるほうが正しいかもね」

〈彼女〉は、〈彼女〉なりの、〈彼女〉にのみ帰属する苦しみの最中にあり、何かが起きるのを待っている。それが何なのか、言葉にしたとたん崩れてしまう。

「ねえ、これ、秘密なんだけど」そう言って〈ぼく〉に顔を近づけ耳打ちした。「実は、みんなあたしみたいにパトロンがいるって知ってた？」〈彼女〉の吐息が耳をくすぐった。心地よくなかった。悪いプログラムを吹き込まれている気がした。

視界が霞む。

「みんなメッセージを発信してる。失うものなんて何にもないから、別にそれが自分自身の主張じゃなくたっていいわけ。社会的な意味のあるメッセージを発信するために配置されて、それを守る人がいる。その人たちはきっと、交信してるの」

「誰と」

「ここを作ったやつとだよ」

何の前置きもなく、常識だと言わんばかりに話すのが不気味だったが、確信のもとで話している〈彼女〉に深い質問はしなかった。

〈彼女〉は、おもむろにスマホを弄《いじ》り始める。

「ヨーロッパで戦争だって。渋谷では放火、池袋では殺人事件。ニュースがたくさん。

こうやって、あたしたちの心に入り込んでくる。あたしたちは操作されてる。面白いよね、反応を見てるんだから。どうやって動くのか、画面の外から私たちが見てるように、そいつらも画面の外から観察してるんだ、何に使われるのか知らないけどシミュレートされてる。あるいは、あれかな、ただ単に遊ばれてんのかもね」

誰かが奇声をあげた。サイレンが鳴っている。映画館はきっと通常営業で、クライマックスのシアターもあれば、上映前の予告編が流れているスクリーンもある。なんてアンバランスで不条理な場所なんだ。

「そいつらに負けてなんかいられない。あたしたちには、生きていくこと以外になんもない。あたしたちは生きていかなきゃなんだよ」

〈彼女〉の語気は一層熱を帯びていた。生きていかなきゃならない。そう思っているのは意外だった。弱さと強さが同時に透けて見えた気がした。

5

「……ごめん」

〈ぼく〉は左手で口元を押さえた。

〈彼女〉は顔をしかめた。〈ぼく〉は、すっかり浮き足立ってしまった。嘔吐《えず》き、浅く呼吸を繰り返す。今にも吐きそうで道端に蹲《うずくま》ってしまう。

「はあ……そんなんじゃ生きてけないよ」

首を垂れ、アスファルトに向かって呻《うめ》くぼくを見て、〈彼女〉は大きく肩を竦《すく》めた。

悔しかった。

道を挟んだ向こうの看板がぱっと明るくなり、ホストたちの顔面が夜の始まりを告げた。そして、〈ぼく〉の出方を伺う。おいおい、〝男〟のくせに、情けねえなあ、とでも言いたげだった。体重がなくなっていく。脚は身体を支えるのをやめた。右手でスニーカーの踵を地面に押し付けては力を抜き、といった単調な動きで気を紛らわせた。地面についた左手で砂利を引っ掻く。

こんなアルコール度数が低い酒にも負ける自分の体。外側だけ鍛えて内側は未熟なままの体。ファンを守る全能感などこれっぽっちもない体。ニセモノの体——そこに嵌《は》め込まれた目玉で〈ぼく〉は、確かに〈彼ら〉を見た。忌むべき父とメンバーを。

パニックになる寸前の自我を保ち、なんとか足で地面を蹴り上げる、どこか入レルとこ、ミンナが、いる、ヤバい、呂律が回らない。〈ぼく〉は、〈彼女〉に腕を引っ張られ、建物に入った。とにかく、父やメンバーに見つかるのが怖かった。エレベータに乗り、何階かで降り、そして、部屋に入った直後、吐いた。何度も何度も咳き込んだ。咳き込むたび、身体の中で筋肉の塊が蠢《うごめ》くのを感じた。〈彼女〉が憔悴し切った〈ぼく〉を部屋の奥へと連れていく。薄暗い空間、平面が床なのか天井なのか壁なのか把握できない。上半身に遅れて脚を前方に出し、〈彼女〉に腕を担がれ前傾姿勢で進む。「ほら、好きなだけ吐いていいよ」と〈彼女〉が言い、〈ぼく〉は便器の前で膝を抱えて丸まった。声を出して泣いたのは、本当に久しぶりだった。吐くたびに〈彼女〉はタンクの水を開放し吐瀉物を流してくれた。トイレットペーパーで頬から顎にかけて丁寧に拭き取ってくれる。申し訳なさでいっぱいだった。もっとも、酒を飲めと言ったのは〈彼女〉だったが、その行為を咎めるつもりはなかった。あの酒は、この嘔吐は、〈ぼく〉にとって必要なことだった。どこからか〈彼女〉は水を持ってきて〈ぼく〉に渡した。ペットボトルの口を咥え、冷たい液体を体内に送り込む。500㎖全てを一気に飲み干し、大きな息継ぎをする、平衡感覚が戻ってくる。

顔を上げ振り返ると、〈彼女〉の顔があるようだった。だが、このオレンジ一色の部屋中にノイズが走り、〈彼女〉の顔はところどころ白飛びしていた。目を強く閉じ、何度瞬きしても欠落部分は戻らない。四つん這いのまま便器を離れ〈彼女〉の気配の元へ、さながら子犬のように近寄っていく。大きなベッドが部屋の中心を占めている。〈彼女〉は膝立ちになった〈ぼく〉の脇の下に両腕を入れ勢いよく引き上げる。暗い輪っかが視界を狭めてきて〈ぼく〉を不安にさせる。肢体を開いて横たわる自分の姿を天井から眺めている。そのだらしなさを見て緊張が解け、口が綻び、「死にたい」と言った。

「は?」

「死にたい」

「死んだことないのに」

「生きてたい、なんて思えない」

「死んだらどうなると思ってるの」

「……全部なくなる、この苦しさもなくなる、苦しさの原因も」

〈彼女〉は鼻で笑う。「そうだといいね」

「きっと、そうだ」

「じゃ、死ねば」

突き放されて、少なからず〈ぼく〉はショックだった。〈彼女〉に何を求めているのか。ほんの短い関係性に、何を期待しているのか。

「悔しい？」

「悔しい」

「じゃあ本当は死にたくないんだよ、その苦しみを、生きてるうちに消し去りたいんだよ」

涙が横に流れ出て、こめかみ、耳へと伝う。

「何があんたを苦しませてるわけ」

「性。男」即答する。

「それってこれか」〈彼女〉の手が〈ぼく〉の下半身に伸びる。声にならない声で〈ぼく〉は拒絶する。「男らしいのが嫌なんでしょ？　男らしさがなければ女になれるって思ってるんでしょ？」〈彼女〉が、〈ぼく〉の膨らみに跨《また》り「この世界は見た目を変更できるようになってるんだからさ、いいじゃん、やったら。それ含めて、予定されてるんだから。世界のアップデートで、できるようになったんだから、やったらいいんだよ。全身脱毛して、ホルモン注射して、後はどうする？　化粧は教えてあげる。声？　練習しよ、歌の先生だって知り合いいるし。ねえ、ほら、どうしたら、そのあんたの言う〝女の子〟になれるの？」とまくし立てた。〈彼女〉の行動は、理解の先を行く。〈彼女〉は、〈ぼく〉のベルトを外そうと剣先を引っ張った。腹が締め付けられる。脚は〈彼女〉の体重で動かせない。身を左右に捩《ねじ》って振り落とそうとするがどうにもならない。

「恥ずかしい？　恥ずかしいものなんだ、男らしさってのは」

下着に手を掛ける。〈ぼく〉は抵抗した。「こんなもの、切っちゃえばいいよね？」〈彼女〉が自信過剰に振る舞い〈ぼく〉を破壊していく。生まれた時から世界は男と女の二つに分かれていて、その前者が嫌いだからもう半分に希望を見る。ただそれだけのことだった。〈ぼく〉の中の〝女の子〟は、現実には存在しない。〈彼女〉は〈ぼく〉の腕を取り、〈彼女〉の上半身に手を押し当て、〈ぼく〉の手は〈彼女〉の胸の輪郭に形を変える。鼓動が伝わってくる。いま、〈ぼく〉は「大人の階段」に足を掛けている。大人になるか、ならないか、いま、ここで、決めろ。〈彼女〉は怒りに満ち、捨て身の姿勢だった。曝《さら》された性器は萎縮していた。

説得か警告か、〈彼女〉は横隔膜を小刻みに上下させ、〈ぼく〉にそれを浴びせかける。女の苦しさなんてわかるわけないだろ、おまえは、男なんだぞ、男のカラダを持って生まれたんだから、そうやってプログラムされた世界に生きてるんだから、おまえは何をどう頑張ってもわかんないんだよ、女になりたい？　は？　無理だって、無理なんだよ、男の象徴を潰してくしかないんだよ、切ってやろうか、もっとベロベロに酔っちゃえば、痛みなんてわかりゃしないんじゃないの、あー、もうめんどくさいな、薬でも飲めよ、病院に入ってろよ、目え覚ませよ、こんなんじゃ、生きてけないぞ、こんな貧弱のまま、あと何年生きていくんだよ、大人にしてやるよ、この世界で生きるために、男にしてやるよ、それから決めろよ、それでも憎くてたまらないんなら、切ってやるよ、成人するまで待てないんだろ、やってやるよ、でも女にはなれっこない、なったところで、理想の世界が待ってるとでも？　けっきょくはおんなじなんだよ、性なくして、それで、大人になんてなれると思ってんの？　なあ、あたしだ

って、女やめたいよ、女やめて、アメーバになりたいよ、性別のない生き物になって
テキトーにうねうねしてたいよ、いくら頑張ったって、胸とって、ひげ生やして、髪
短くして、どう？　そうすればあたしは男か？　いつまでも、元女だったことは否定
できないんだよ、生まれた時点で決まってんだよ、決まってるから悩んでんだろ、ぜ
んぶ〝性〟と関係してるんだよ、〝性〟が組み込まれてんだ、基本的なプログラムで
決まってんだ!!

……

……

……

〈ぼく〉の顔は、自分の涙と〈彼女〉の唾で濡れていた。
〈彼女〉の軽蔑に湿った優しい目は、ただ〈ぼく〉の敵愾心《てきがいしん》を掻き立てた。
痺れる身体に力を込めて左右に大きく揺らし、体重の浮いた一瞬を見て右脚を屈伸
させ、腹目がけて一気に伸ばした。〈彼女〉が宙に舞う。スローモーション。痛みを
重力に逃しながらゆっくり背中を剥がして起き上がると、腹筋や背筋のつくりが、や
はり〈ぼく〉は、〝男〟の体を持っているのだと強く意識させた。

床に転げた〝女〟が「そんな悲しい顔しないで、笑って」と、偽の声で言った。「笑って笑って」そして、〈彼女〉の手元で閃光が走った。咄嗟に顔を横に背けたが遅かった。〈彼女〉のぼやけた顔の輪郭。その横で白い光が点滅した。機械音が耳の中で響く。

「これ、ファンたちが見たら大変だね。ショックだろうなあ……」スマホの画面には、情けない〈ぼく〉のつくられた痴態。ぶんどって壁に投げつけて、ベッドフレームの金属部分に強く何度も叩きつけ、電子機器としての役目を奪っても、そのデータは、もうクラウド上にあり〈ぼく〉には掴むことができない。「もしあんたが死んでも、この写真のイメージがあんたになる。みんなの中に、ずーっと残る」

赤ん坊の愛おしさを奪い取るイメージが頭の片鱗に存在する。つまり、胎児の頃、性器は脳よりも早い段階で完成し、そこから男の体が生えてくるのだ。大半の人間は、性器中心の生活をしている。それで何も疑問に思わない。経済的にも自立していない自分が、新たに生命を作り出す機能を有していること、何より、この世界に、新たな犠牲者を作り出すことができる、ということ。

哀しみの摩擦に細かい傷を作りながら、〈ぼく〉は自分の性器を直視する。

「辞めるってパパに言うの」全ては〈彼女〉次第ではなく〈ぼく〉次第だった。目の前には、選択の「アンプル」がある。赤か、青か、いや、色ははっきりしない。「それともスキャンダルで退場する?」飲むか、飲まないか。飲まないとして、どうするか。「ねえ、どっちがいい?」萎びた性器。下腹部に、排泄器官と重なった生殖器官がある。これが、スキャンダルと結びつけられる。父親はこの器官を使って母親の器官を突いた。両親が裸で抱き合う姿を想像して再び吐き気を催した。性器の接合があって、父親の性器から性液が母親の体内に放出される、そんな教科書どおりのことがあってたまるか。父親が母親に捩じ込んだ性器のコピーの萎びた先端。父親と性器でつながっている。そのことが〈ぼく〉をひどく苛立たせた。切除《デリート》しなければ、父親から独立できない。切除は〈ぼく〉の意思表示になる。

全く迷いがなかったわけではない。ペニスの先端までを含めて、自分自身の体である。それを切り離すということは、腕を、脚を、切り落とすのと同じで生々しさがある。綺麗なものではない。「美」の対局に位置すると言ってもいい。体側に残る断面を想像できなかった。体の一部を改変したところで、〝男女〟の枠組みが前提となっている世界は変わらない、それは〈彼女〉の言うとおりだ。

「変わるのが怖いの？」

……いや、変わらないかもしれないから怖いんだ。

「期待しすぎ。行動一つではすぐに世界は変わんないんだよ。でも、あんたは、自分の体を変える――もう戻せない。一つの道を選んで、歩いて、また分かれ道があって、選んで、進んで、そう死ぬまで繰り返すしかない」〈彼女〉の言葉は、「新宿」の言葉だったように思う。咀嚼し、自分自身の感情を染み込ませた言葉だった。

生きるために体の一部を傷つける。そうだ、もう死んでいいなら、わざわざ実行しなくていい。だけど〈ぼく〉は実行する。真剣に、生きようとしている。もし、生きることに積極的でなかったとしても、苦しみを切除することは結果として生きることになる。全ての選択は、生きるためにある。そして、元には戻らない、一度きりの選択をするとき、人は「大人」になるのだと悟った。

初めて胸の内が温かくなったのを感じた。

部屋全体のノイズが晴れた。薄暗い中の橙色のネオンが、幼少期に遊んだ二人の記憶を呼び覚まし、〈ぼく〉は涙した。

「あたし、負けたくない、死ぬなんて悔しすぎる。本当につらいときだってそりゃあるよ、生まれてきたことを呪うことだってある。そのときにね、いつも思うんだ。あたしはあたし、あたしの苦しみは、あたししかわからないんだって。これだけは秘密、あたししか知らない宝物。あんたにもあるでしょ、自分自身しかわからないものが。他の人がどう思ったって、自分しかわからないんだよ、ばーかって思うと笑えてこない？　怖いものなんてなくない？　不安なことはあるかもだけど、なんでもやってあげるよ、そういう人たちがここには集まってる。誰の許可もいらない。全て自分で責任を取ればいいんだよ」〈彼女〉は力強く言った。

性器を切除して、ホルモン注射して、全身脱毛して、喉仏を削って。

――そんなもんか。あるものをなくす。それだけか、〈ぼく〉にとって無駄なものは。

「その写真、どっかにアップして」

「は？」

「どっかに送ってもいいから」

「どうなるかわかってんの」

「わかってるよ」積み上げてきたイメージが壊れ、関係が崩れる。親、兄弟、ファン、芸能界。学校での関係も含めたありとあらゆる関係。

どうでもいい人間関係を自分から切除したい。

ここまでしても依然変わらぬ関係性が一つでもあれば、〈ぼく〉は自らの命を殺《あや》める言い訳ができない。いつまでも自分は現実内にいる。不可能なことはなくなっていく。自分の行動が自分たらしめる、この選択が自分を作る。元には戻れない選択をする、その不可逆性こそが「大人」の根幹にある。結局は、只者にはなれず、個性的な生き方しかできない。自然状態と、抗いとが、一致する。だとしても、「新宿」は全てを受け入れてくれるだろう。

「あたしは、あんたの味方《ファン》だから」〈彼女〉の言葉が、遠い過去から呼びかける。

あとがき

この小説は、希望の物語です。世の中は「不条理」に満ちていて、それでも生きることを強いられる――どうしようもない壁にぶち当たったとき、潰されるのではなく、吹っ切れる「(内なる) 本物の強さ」を描きたかったのです。

喜美子は、物的には満たされていますが、働くために働いており、「幸福」な人を見ては「孤独」を感じている――そんな一つの人生モデルです。読者の皆様かもしれませんし、知人のあの人かもしれません。

彼女にとっては、生きることが、ほぼ全てにおいて、仕事ないし義務なのです。それは、人生のスタート地点から「生まれさせられた」と考えてしまうほど、全く能動的な人生ではありません。反出生主義的な怒りは、実は私の中にいつでも息を潜めています。

生まれた時にすでにそこに存在していた大人の世界は、拝金主義のほか、いろいろな構造（システム）の組み合わせです。ジェンダー平等が謳われながら「性別（男と女）」が重要視されて「男性優位」に（あるいは「女性優位に」）物事は作られるし、無意識のうちにルッキズムに囚われているし、恋愛活動は当然のように行われているし、母親・父親になって孫の顔を見せる風習はあるし。

「幸福」へとつながる扉は見えているのに、それをいざ開けても、自分だけ「幸福」には辿り着かない……当事者になれないのです。ですから、めでたいことを「めでたい」として祝ってはいますが、それが本心から生じたものではないとわかっています。制度化された「意思」です。大人の世界——ここに喜美子の心は居場所を持ちません。皆が「幸福」と言っている状態は、自分の生きている動線とは交差しない。してたまるか、とも思うわけです。ただ、生まれ変わりたい、人生を変えていきたい、という気持ちもあります。「本当」を知らないだけで、いつかは当事者になれる、という気持ちも無意識下に同時に抱いています。

そんなときに、美結との出会いが訪れます。彼女には未だ大人の世界に染まり切っていない純朴さがあり、固まり切った「社会」を自由に泳ぎ回れる軽やかさがあるように喜美子には見えました。「居残り状態、自分を愛せていない泥沼状態」から抜け出す方法がわからない絶望、そこに自分が忘れ去ってしまっていたものが到来する――大人の世界から遠い性質である〈少女性〉は、喜美子の〈希望〉でした。

「もしかしたら、人生変わるかも！」という経験は皆様にもあるかもしれません。それは、向こうから一方的に前触れもなくやってくるものです。最後の希望なのだから執着しても当然とも言えます。

美結が喜美子の元を去るストーリーは、私の体験がベースにあります。互いを親友と呼び合う仲だったのに、その人とはもう会うことができません。私はきっと、その人自身の悩み・苦しみ、社会に存在している生身は見ておらず、あくまでも、その人の持つ美しい〈性質〉を追っていたのでしょう。なのに、「私たちは、この世界は生きることそれ自体が苦であると、分かち合った仲だ」と勘違いをしていたように思います。

〈少女性〉を手がかりにして、一方的に自分の現実へと引き込もうとする傾向は、無条件に（ただ、あなただから、という条件こそ留保して）存在を肯定する関係性とは程遠いモノです。自分は少女を守っているつもりでも、ただの〈理想〉を追っているに過ぎない――目の前に「少女」はいなかったのです。

「理想」に囚われてしまっていた過去の自分を省みながら書いたのが、第二部です。生身の美結は、放り込まれた大人の世界で、「強く生きなければならない」という呪縛に囚われながらも、これまでなんとか生き延びてきました。でもあるとき、自分自身でゼロから考え出した思想などなく、自分が空っぽなことを悟ります。喜美子が見る天真爛漫さは虚像であり、深い闇を抱えています。

〈ぼく〉も美結と同じく、大人の世界から逃れる道を探していますが、どう頑張ったって、大人の世界（既存の世界）を変えることなどできない絶望が心の奥深くに潜んでいます。

「恋愛・結婚」という既存の制度が当然のように立ち現れて、自分とは無関係だと思っていても、周囲から半ば強要されるという現実があります。文化として深く根付いているのです。そして、社会は「性別」を前提とした文化が多くあります。「男らしくあれ」とは、自分自身が決めることではなく周囲によって自己が形成されていくということです。〈ぼく〉が「性別」をはぎ取りたいと思っているのは、生き方を強要されている窮屈さからの脱却を願っているためです。

もっとも、社会に所属したい欲求もありますし、離脱したいという葛藤もあるでしょう。社会に飲み込まれてしまえば、つまり、社会を形作っている「価値観」を注入されて自分が自分であることを忘れてしまえば、「強く」生きていくことができます。美結は自律した生き方を半ば諦めていました。でも〈ぼく〉が自分を映す鏡のように見えて、〈ぼく〉を通して自分を叱咤激励するのです。「ありのままの、何も飾らない人間」というのは、弱くても生きていける存在、ということを表しているのではありません。未見の将来ではなく、その日その日、毎日にしっかりと根を生やして生きていける人のことを言うのだと思います。

物語を執筆している間、私がずっと考えていたことがあります。それは、「死なない理由」です。美結が〈ぼく〉を突き放したように、死にたけりゃ死んだっていい。しかし、それだとあまりにも「不条理」すぎますよね。そうではなく、この「不条理」と正面から向き合うことに突破口があるのではないかと思ったのです。

登場人物の二人は（あるいは喜美子も一緒に）、これから本当の「強さと大人らしさ」を見つけていきます。このように希望を持てる終わり方にしたのは、登場人物たちと同じように、固まった自己像を破壊することにもがき苦しんでいる人が、最後には苦悩の突破口を見つけてほしいという私自身の願いでもあります。

この物語を書くのは、実のところ大変苦しい作業でした。しかしそれが、世に出て、皆様にご覧いただく機会を得て、大変喜ばしいものへと変わりました。

私の作品を救い出してくださった幻冬舎メディアコンサルティングの皆様、そして本作の舞台となる私の人生に関わってくださった全ての方に御礼を申し上げます。

〈著者紹介〉

華嶌華（はなしまはな）

1989年埼玉県生まれ。

中央大学法学部を卒業後、行政書士として日本で暮らす外国人のサポートに尽力。

また都内NPO法人の理事として、アセクシュアル・アロマンティックの方々が安心して交流できる場を提供。

将来、公認心理師になる夢を叶えるため、心理科目を学んでいる。

SHINJUKU DELETE

2024年9月20日　第1刷発行

著　者　　華嶌華
発行人　　久保田貴幸

発行元　　株式会社 幻冬舎メディアコンサルティング
〒151-0051　東京都渋谷区千駄ヶ谷4-9-7
電話　03-5411-6440（編集）

発売元　　株式会社 幻冬舎
〒151-0051　東京都渋谷区千駄ヶ谷4-9-7
電話　03-5411-6222（営業）

印刷・製本　中央精版印刷株式会社
装　丁　　弓田和則

検印廃止

Printed in Japan
ISBN 978-4-344-69150-6 C0093
幻冬舎メディアコンサルティングＨＰ
https://www.gentosha-mc.com/